トマス=ハーディ

まえがき

トマス＝ハーディ（一八四〇－一九二八）は、イギリスの代表的な小説家であり、詩人である。日本では明治二十年代に紹介されてから、その作品は翻訳されて広く読まれ、谷崎潤一郎のような作家にも影響を与えている。

研究者、愛好家の団体である日本ハーディ協会が、イギリスの協会よりも早い時期に設立されたことも、ハーディの熱心な読者がいかに多いかという証拠になるだろう。英文学の作家のなかで、一番日本人に親しまれている作家のひとりである。

ハーディは、南イングランドのドーセット州で生まれ、そこで生涯の大半を過ごし、そこで亡くなっている。故郷を愛し、その自然と住む人々を愛し、作品のなかに登場させた。彼の作品によって、人々も自然も不滅のものになった。ページを開けば、その土地に住んだ人たちに出会い、語り合うことができる。実際に、ドーセットを旅すれば、作品のよさがさらによくわかるし、また、作品に描かれた、イギリスの美しい田園風景を今でも満喫できる。ナショナル－トラストの環境保存運動のおかげで、ハーディの時代の自然が保存されているからである。

ハーディが生きた十九世紀半ばから二十世紀までは、イギリスは、大英帝国としての最盛期を迎えたが、同時にまた、繁栄の陰で貧困に苦しむ人たちもいた。ハーディは、自分の周囲にいる、そういう恵まれない人たちに同情し、温かい目を向けて、作品のなかに表現している。人間ばかりではない。物言わぬ動物にまで、また草木にいたるまで、ハーディの同情は及んでいる。人間、動物、自然に対する愛情がその作品の中心にあり、またそこから、独自な思想が生まれる。

近年、『ダーバヴィル家のテス』や『日陰者ジュード』などの代表的な作品が映画化されたことにも、そのおとろえぬ人気がうかがわれる。主要な小説は、十九世紀の終わりに書かれたが、扱われている問題は意外に新しい。今、読み直されるべき作家であり、本書が、そのきっかけになれば幸いである。

倉持三郎

目次

トマス=ハーディ関連地図

I　トマス＝ハーディの生涯

一 生い立ち

ハーディの生きた時代

トマス＝ハーディは一八四〇年、イギリスのドーセット州で生まれ、一九二八年、同地で亡くなった。ハーディが生まれた一八四〇年という年は、ヴィクトリア女王の治世（一八三七―一九〇一）の初期にあたる。ヴィクトリア朝はイギリスの最盛期を成していた。

他国に先んじて産業革命を達成したイギリスは、世界の工場として工業製品を世界中に輸出して巨万の富を築いたのである。十六世紀に当時の最強国スペインを破って以来、オランダ、そしてナポレオンのフランスとの戦争に勝ったイギリスは、大英帝国として世界に君臨し、海外に多くの植民地を獲得していった。インドまでも支配して、一八七七年にヴィクトリア女王は、インド皇帝を兼ね、またアフリカ経略もめざした。まさに「太陽の沈むことのない帝国」をつくりあげたのである。一八九七年の「ダイヤモンド＝ジュビリー」（ヴィクトリア女王在位六十周年）の式典には、カナダ、オーストラリア、インド、西インド、アフリカ、東南アジア、香港からの植民地軍が参加して、女王の治世を祝福したのである。

しかし、一八九九年に起こったボーア戦争から、大英帝国にも陰りが現れてきた。アフリカ植民地獲得戦争は、ボーア人の激しい抵抗にあって苦戦した。一九一四年には、ドイツ、オーストリアを相手とする第一次世界大戦が起こった。イギリスは戦勝国になったが、これを境にイギリスはかつての勢力を失いはじめた。代わってアメリカ合衆国が台頭することになる。ハーディは、イギリスの最盛期と陰りはじめた時代を見てきたわけである。

海外に進出する一方で、国内での社会的な変動も激しかった。一八三二年には、第一回の選挙法改正がおこなわれ、中産階級の一部に選挙権が与えられた。しかし、その改正に不満な労働者たちが人民憲章制定を訴え、いわゆるチャーティスト運動をはじめた。

また、一八一五年に制定された穀物法は、輸入する穀物に重税を課すことによって国内の穀物価格の下落を防ごうとするもので、地主には有利だったが、高い穀物を買わなければならない労働者と、労働者に賃金を払う商工業者には不利であった。激しい穀物法反対運動が展開され、一八四六年に廃止された。これは、それまで政治において支配階級であった地主階級に代わり、商工業者が政治的な力をもつに至ったことを示している。

都市の工業労働者は、労働組合を結成して、地主に代わって台頭してきた産業資本家に対抗し、階級闘争はいちだんと激しくなっていった。

これに女性たちの参政権運動が加わってくる。男性と同様に女性の参政権を要求する運動が高まってきた。ウルストンクラフトが『女性の権利の擁護』を発表したのは十八世紀の末であったが、大半の男性にも参政権がなかった時代にあっては、女性の参政権は問題にならなかった。女性参政権獲得運動が展開されるのは十九世紀後半である。ちょうどハーディが作家として活動している時期に当たり、「新しい女性」が、ハーディの作品に登場することになる。一九一八年に成年男子すべてにようやく参政権が与えられたあと、ハーディが亡くなった一九二八年に至って、すべての成年女子に参政権が与えられたのである。ちょうど女性が目覚めて存在を主張した時代に、ハーディは作家として活動していた。

キリスト教は長い間、イギリス人の精神的な支柱であったが、ハーディの生きた時代には、キリスト教信仰が大きく揺らぐことになった。

一八五九年にダーウィンの『種の起源』が出版され、進化論が提唱されると、聖書に書かれていることが疑わしくなり、その結果、懐疑と不安が人々の心に生じた。ハーディもまた、キリスト教に対して懐疑的な一生を送ることになったのである。

ハーディは、時代の申し子として、前述したような時代の流れを作品のなかに反映していくことになるのである。

ドーセット州の州都・ドーチェスターのハイストリート（中央通り）

故郷、ドーセット州

ハーディはドーセット州に生まれ、そこで生涯の大半を過ごし、主にそこを舞台にした作品を書いた。ハーディ文学は、その地域を抜きにしては考えられない。ドーセット州は、イギリスの南に位置しており、イギリス海峡に面している。ドーセット州の海岸はナポレオン戦争のとき、フランス軍がイギリスへ進攻する際の上陸地点と考えられたほど、フランスの近くに位置している。イギリスの首都ロンドンのほぼ西にあたり、急行列車で州都ドーチェスターまでは、約二時間半である。

海岸から北に進むと、大きな波のうねりのような丘陵がある。高いところで海抜約二百メートルである。この州は現在でも主に農業と牧畜が主要な産業であり、工場の煤煙で空気が汚されることもない。それだけにイギリスの美しい田園風景を満喫することができる。

この地方には、新石器時代から人が住んでいたことが知られている。ドーセット州立博物館を訪れると、先史時代からの種々の

① ハーディ生家
（ハイアー-ボックハンプトン）
② スティンズフォード
③ ローアー-ボックハンプトン
④ パドルタウン
⑤ モーンベリーリング
⑥ マックス-ゲイト
④
ドーチェスター
①
②③
⑤⑥
フルーム川
ウエイマス
イギリス海峡

ドーセット州南部

ストーンヘンジと呼ばれる巨石文化の遺跡（ウイルトシャー州）

遺物が陳列されており、この土地がいかに古い歴史をもっているかがわかる。かつては、この付近は一面が森で覆われていた。人々はトナカイの狩猟をしたり、また、樹木を切り倒して、そこを耕地にしていった。

ドーセット州の隣州ウイルトシャー州には、ストーンヘンジと呼ばれる巨石文化の遺跡があり、このあたりに古い文化が栄えていたことが想像できる。

ドーチェスター付近にはローマ時代の遺跡が数多くある。シーザーに率いられたローマ軍は、紀元前五五年にイギリスに進攻してきた。そして、四七六年にローマ帝国が滅亡するまで、イングランドの大半を占領、支配していた。

ドーチェスターには、新石器時代につくられたモーンベリーリングと呼ばれる円形土塁が残っている。ローマのコロセオ（円形劇場）に似た形をしており、それをローマ人は修築してコロセオのようにした。その後は、種々の目的で使用された。あるときは、戦闘のための砦になったり、集会場になったり、また、処刑場として絞首台がつくられたりした。イギリスのほかの地方と同じように、ローマ人のつくった道路のあともある。

ハーディは、前述したようなドーチェスターの古い歴史についても、その作品のなかに書きこんでいくことになる。

ローマ帝国の滅亡後は、ローマ人に代わって、サクソン人が大陸から侵入してきてドーチェスターを支配することになった。一〇六六年、今度は、大陸からノルマン人が侵入してきてイギリスを支配する。征服王ウイリアムが一〇八六年に作成させた土地台帳によると、人家がドーチェスターには八十八軒あり、水車小屋が十三あったと記載されている。

十七世紀のなかごろ、嫡子がなかったチャールズ二世の死後の王位継承の争いでは、チャールズ二世の庶子としてモンマス公が、王位継承を主張した。モンマスはジェームズ二世に敗れて処刑されたが、その裁判と処刑の舞台が州都ドーチェスターであった。その事件は、市民のあいだで語り継がれた。

十九世紀初頭のナポレオン戦争は、この土地の人たちに、すくなからぬ不安と恐怖を引き起こした。ドーセット州の海岸がフランス軍の上陸地と考えられたからである。一時はフランス軍が上陸したという虚報も信じられた。ハーディの祖父はそのとき防衛軍に参加していた。

母ジマイマ

父トマス

誕生

ハーディは、一八四〇年六月二日（火曜日）、朝の八時に、ドーセット州スティンズフォード教区の、ハイアー＝ボックハンプトンの父母の家で生まれた。この付近は、森と荒野のなかに数軒の家が散在しているだけという寂しいところであった。生家は茅葺きの二階建てだった。

父トマス＝ハーディ（一八一一－九二）と、母ジマイマ＝ハンド（一八一三－一九〇四）が結婚式をあげたのは、前年の十二月二十二日であるから、二人はすでに結婚前に結ばれていたことになる。ジマイマは、牧師の家で料理人として働いていた。教会でヴァイオリンを弾くトマスを、ジマイマが見て好きになったのが、ふたりが近づくきっかけであったという。ジマイマが妊娠したとき、驚いた親たちが、ふたりを結婚させたのである。この地方では、子孫を確実に残すために、妊娠したのをたしかめてから結婚するほうがよいと考えられていた。

難産の末にハーディは生まれた。一時は死産だと思われ、みんなが産婦の手当てに没頭している間、産児は放置されていた。助産婦が、産児が生きていることに気づいたことで、かろうじて一命をとりとめた。生まれてからも虚弱な体質であった。反応が鈍く、揺り籠に寝ているとき、同じ揺り籠のなかに、一匹の蛇がとぐろを巻いて寝ていても何の反応もしなかったという。しかし、知的にはすぐれ、三歳のときには、文字が読めるようになった。

石工《いしく》の父と料理人の母

父は石工であった。石工とは、寺院などの石造建築物を建築したり修復したりする大工である。日本と違って石造建築が多いイギリスでは、とくに必要とされる職業である。ハーディが生まれたころに父は独立した。十年後には、二人の職人を使うようになった。さらに十年後には石工頭となって六人の職人を使い、一八七一年には、八人の職人を使うまでになっていた。その後も発展して、一八九二年に亡くなったときには当時の金で八五〇〇ポンドとほかに不動産を残した。石工として立派に成功したといえる。だが、当時のイギリスのような階級社会においては、地主や聖職者など上の階級に対して、石工は下の階級であり、その息子として生まれたことは、社会的な負い目を感じて生きざるをえないことになる。ハーディの作品のなかに繰り返し階級の問題が現れるのは当然のことであった。

ハーディ家の先祖は、ハーディ自身の調査では、フランスのノルマンディー地方から海を越えて、現在のチャネル諸島のひとつのジャージー島に移住してきた地主である。このル＝ハーディが十五世紀に、イギリス海峡を越えてドーセット州に移住してきた。これがイギリスにおけるハーディ家の始まりである。いくつかの分家をつくっており、かつてはハーディ家はこの地方の名家であった。(功なり名遂げたあと、ハーディは自分の家系をことさらに美化しているところもあり、すべてを信用することはできない)

母親のジマイマは、トマスと知り合ったころ、牧師の家で料理人をしていた。母方も、かつては名家だったが、モンマスの反乱に関係して没落した。ジマイマの母エリザベス＝ハンドは、裕福な自作農の娘で、読書好きであった。ミルトンとか、バニヤンとか、リチャードソン、フィールディングという英文学の代表的な作家に親しんでいた。ところが、階級の下の男、ジョージ＝ハンドと結婚したので、それに不満な父親に勘当され、財産をもらえなかった。さらに悪いことには、夫に早く死別してしまった。子供は七人ありながら生活の道を失い、自活していくことができなかったために生活保護を受けていた。

当時、イギリスにおいて生活保護を受けるということは屈辱的なことであり、ハーディはその事実を明確には語らないほどである。母のジマイマは、早くも十三歳のときに、女中として働きに出て自活していかなければならなかった。ただ、読書好きの母の血を引いて、ジマイマもまた読書好きであり、それが苦しい生活を慰めていた。愛読書はダンテの『神曲』であった。ジマイマは結婚前には、ロンドンに出てしかるべき所で料理人をして、弟妹を養うことを考えていたというしっかりした女性であった。

妹のメアリー（一八四一―一九一五）が誕生したあと、ジマイマは未婚の妹メアリー＝ハンドを呼び寄せて、虚弱なハーディの面倒を見させた。ジマイマの母はあまりにも貧乏だったので遠慮して訪れなかった。親戚になるアンテル家もスパークス家も大体は職人で、生活は豊かではなかった。ハーディは、後に自分の生涯について書くことになるが、自分の貧しい縁者のことになるべく触れないようにしている。引け目を感じていたからである。ただ作品の形で、貧しい縁者を表現していくことになった。

メアリーのあと、弟のヘンリー（一八五一―一九二八）、妹のケイト（またはキャサリン、一八五六―一九四〇）が生まれた。ジマイマは、長男の教育に熱心であった。教育が階級を上るための有効な手段であり、教育によって、長男が上の階級に上ることを期待していたのであろう。

家庭では母は絶大な力を持っていた。ハーディ自身は身体が丈夫ではなかったので、のんびりと暮らしたいと思っていたが、母親はそれを許さなかった。病気でも学校に行かせた。一家には父方の祖母のメアリーが同居していた。ハーディにとって彼女は、文学の宝庫であった。挿話、民話、伝説を話してきかせてくれた。これがハーディの文筆生活にプラスになったのである。

ドーセット州スティンズフォード教区のハイアー-ボックハンプトンにあるハーディの生家

ハーディの生家は、一八〇一年に曾祖父が建てたものである。祖父トマス＝ハーディと祖母メアリー＝ヘッドが一七九九年に結婚したときには、近くの村のパドルタウンに住んでいたが、そこから四キロほど離れた野原に家を建ててもらって移り住んだ。それこそ本当の一軒家で、周囲には家がまったくなかった。その後少しずつ家が建ち始め、それがハイアー-ボックハンプトンになった。

自然のなかで

ハーディは自分の生まれた家について、後年、詩のなかで次のようにうたっている。

わが家はひとつ離れて立っていた。あの背の高いもみや
ブナは自然に生えていたもの。蛇やイモリは
夏の日々には群がった。夜ごとにコウモリは
寝室を飛び回った。野生の馬は
丘に住み、わたしたちの唯一の友人であった。
ここに初めて居を構えたとき

それほど自然のままであった。　　　　　　　　　　（「生家」一部）

子供のときは自然に囲まれ、自然と一体化した生活であったことがわかる。当時はハーディ家の周囲にはほとんど人家がなかった。現在もその状況は保たれており、訪れてみれば、ハーディがいかに自然の懐に抱かれて幼年時代や少年時代を過ごしたかがわかる。後年、自然が、あたかも主人公のように作品に現れる理由も理解できる。

内気な子供

幼いころ、ハーディは牧師になるだろうと言われていた。その理由は、実際的な仕事で向いているものがなかったからである。ハーディは、大人になりたくないと思っていた。仲間の男の子たちは大人になったときのことを楽しげに話していた。大人になったら、これこれのものを買って、これこれのことをしてと楽しそうに話しているのだが、ハーディはそういう気持ちにはなれなかった。大人になれば、いろいろな仕事をしなければならないし、また責任も生じるであろう。それよりも、このままにしているほうがよい。しかもこの同じ場所にいたい。そしてこれまで知っていた人以外とは知り合いになりたくない。このようにハーディは社会的な野心をもたなかった。これは後に健康になって、幸せな環境になってからも変わらなかったとハーディはみずから記している。

八十七歳まで生き、そして多くの作品を残した人の言葉とは信じられない。大作家にはあくなき好奇心とか、溢れるような生命力があるはずだと思うが、それとは逆である。だが、こういう引っ込み思案な性格にも、創作家としての秘密があるのかもしれない。

上流婦人に対するあこがれ

母のジマイマは長男の教育に熱心で、ハーディは、三歳のときにはすでに本を読んでいた。そのころ、村の地主のフランシス＝マーティンの夫人、ジュリア＝オーガスタ＝マーティンが小学校をつくった。これは当時起こった、貧困家庭の師弟にも教育を受けさせようという国教会(イギリスの国王を首長とするプロテスタントの宗派）の運動の後援によるものであった。ハーディはそこに一八四八年に通い始めた。夫人は子供がいなかったのでハーディをトミーと呼んで、わが子のようにかわいがり、文字を教え、教育した。赤ん坊のようにハーディを膝に乗せてキスした。この学校で、ハーディは算数と地理が得意で、よい成績をあげた。

翌年、母ジマイマは、村の小学校のレベルに満足しなかったことと、長男がマーティン夫人に取られることを恐れて、ハーディを自宅から四キロほど離れているドーチェスターの学校に入れた。この学校は、キリスト教の別の一派である組合派のもので、国教会のマーティン夫人の喜ぶところではなかった。夫人は、わが子のようにかわいがっていたハーディが離れていってしまったのを残念に思っていたし、ハーディもまた、夫人のことを忘れなかった。このあとしばらくしてから、偶然の機会があって夫人の家を訪ねたが、夫人は「私を見捨てたのではなかったのね」と大変喜んでくれた。ハーディも涙を流して喜んだということだ。

ハーディは、年齢は母と子のように隔たりがあっても、夫人に対して初恋に似た感情をもっていた。このような少年時代の体験は、のちの思想にも影響することになった。階級の上の女性と下の男性との恋愛は、ハーディが作家として取り上げた主要なテーマであったが、その源泉をここに見ることができる。

もちろん、上の階級の女性は、階級が上ということだけではなくて、村の周囲の人たちと違って知的で洗練された魅力をもっており、それがハーディを引きつけたのである。ハーディは心ひそかに将来そのような女性と交際することを夢みていた。しかし、上の階級の人たちが、かならずしも子供のときハーディが考えていたとおりのすばらしい人間ではなかったことを後年になって思い知らされることになるのだが。

これまで通っていたドーチェスターの学校の教師であるアイザック＝ラストが新しい学校を近くにつくったので、引き続きハーディはそこに通ってラテン語を勉強した。大学なみのレベルであった。当時、大学に入学するためにはラテン語は必修の科目だった。

ヴァイオリンを楽しむ

一八五二年から五四年にかけて、ラテン語や数学を勉強するかたわら、ハーディはヴァイオリンを楽しむようになった。教会での演奏のほかに、村の結婚式やパーティのときにもヴァイオリンを弾くようになった。どんなに長時間演奏しても謝礼はもらわないというのがハーディ家のきまりだった。父親といっしょに七‐八時間ヴァイオリンを演奏したこともあり、朝になってしまって早朝雪の道を家路についたこともあった。ヴァイオリン演奏は祖父ゆずりのもので、祖父は、教区のスティンズフォード教会の聖歌隊を組織して、日曜ごとに聖歌を演奏した。したがって、ヴァイオリン弾きは三代にわたるもので、ハーディの肉体にしみこんでいた。

後年、キリスト教に対して懐疑的になったが、教会に行くことはやめなかった。「教会ファン、ただし知的な意味ではなくて本能と心情のおもむくままに」と述べているところを見ると、音楽を通じて、ハーディは教会と結びついていることがわかる。作品のなかに、音楽のもつ力への言及があるが、それにはこのような背景がある。音楽だけではなくて、言葉の響きに対してもかなり鋭敏だったことも付け加える必要がある。これは詩作へとつながることになる。音楽のほかには、父ゆずりでダンスが好きだった。

ハーディは聖書に通じていたため、十五歳のときには、村の日曜学校で教えたほどであった。イギリスの小説家のなかで、ハーディほど聖書に通暁しているものはいないと言われるほどである。また、村の子女を教えたことが縁となって、文字の書けない娘たちに恋文の代筆をしてやったこともあった。

初恋

ハーディがみずから回想しているところによると、十四歳のとき、ある少女に恋心を抱いた。ドーチェスターの学校を出たところで、ハーディは馬に乗った少女を見かけた。なぜかわからないが、その少女がハーディを見てほほ笑んだ。まったく見知らぬ少女だった。翌日、彼女が父親らしい老紳士といっしょにいるのを見た。ハーディは、そのあと数日間、彼女に会えることを期待してその付近を歩き回っているうち、また彼女の姿を見かけた。今度は、青年といっしょに乗馬をしていた。その後、二度と彼女は姿を見せることはなかった。

また、エリザベス＝ビショップという、スティンズフォード教区の森番の娘に恋をした。赤茶色の髪の少女だった。ハーディは遠くからその美貌を眺めるだけであった。しかし生涯その面影を忘れることはなかった。その想いは、一編の詩「リズビー＝ブラウンへ」になった。

このとき以来、ハーディは、生涯を通じて多くの女性たちを恋い慕うことになる。ただその恋は、多くの場合が片思いで、プラトニックラブに終わっている。しかし、それだけその思いは深く、消えることがなかった。

建築家としての出発

ハーディは、一八五六年七月十一日、ドーチェスターのジョン＝ヒックスの建築事務所に建築家見習いとして入り、建築家の道を歩き始めた。修業期間は三年間で、測量、調査、設計図書きの訓練を受けるためであった。

ハーディにとって将来選ぶべき職業として牧師があった。牧師は学問好きな少年の進む道であった。ハーディも牧師になる希望をもっていたが、父には長男を牧師にするために大学に進ませるだけの資力がなかった。

たまたま、父の仕事で知り合ったドーチェスターの建築家のヒックスにすすめられ、家業を継ぐために見習いになった。見習生の授業料は、ふつうは百ポンドであり、中途で払うという決まりだったが、特別な関係ということで五十ポンドだった。それを即金で払うということで、母は四十ポンドに値切ったという。

16歳頃のハーディ

ヒックスは、牧師の息子だったこともあって、この事務所にはほかの建築事務所とは違って知的な雰囲気があった。見習い仲間のヘンリー＝バストーは、文学、学問、宗教に関心をもっており、ハーディは彼と議論を闘わした。ハーディは、将来は大学に入学して牧師になるために、ラテン語の学習を続けていた。ラテン語の訳についてバストーと議論した。また、バストーは成人洗礼をすべきであるという説の持ち主であり、みずからもそれを実行した。ハーディにもそれを勧めたために議論となり、激論をかわした。あまりにも議論が激しくうるさかったので、ヒックス夫人がやめさせたという。こういう宗教上での激論をかわしたということは、ハーディにも宗教に対する関心が人一倍強かったということを意味している。ハーディは事務所の仕事をするかたわら、ラテン語だけではなくて、ギリシャ語を独学で勉学しはじめた。また、多くの書物を読んだ。

修業期間が終わり、バストーが事務所を出たあとは、ハーディが主な仕事をすることになった。ドーセット州内の修復予定の教会を回り、調査、測量、見取り図の作成などをした。ハーディは、途中から作家になるのであるが、この時期に建築家としての訓練を受けたことは、事物を客観的にとらえるという、いわば科学者としての態度を身につけたということである。この点は、作家ハーディを形成する重要な要素である。建築家として仕事で付近を回ることによって地方について知ることになり、これが後年、小説の舞台としてドーセット州を使う基礎となった。

ウイリアム＝バーンズを知る

たまたまヒックス事務所の隣りに、郷土の詩人で言語学者のウイリアム＝バーンズが住んでいた。ハーディとバストーはラテン語の訳について、また宗教上の議論についてどちらが正しいか、バーンズの意見を聞いている。バーンズは、作家としてもハーディに大きな影響を与えた人々のうちのひとりである。ハーディはのちに繰り返しバーンズについて書き、彼を高く評価している。一九〇八年には、ハーディはみずからバーンズの選詩集を編纂、出版している。そしてそれに序文をつけて、彼の詩を称賛している。

バーンズは、一八〇一年にドーセット州の北部、ヴェール‐オヴ‐ブラックモー（のちにハーディの小説『ダーバヴィル家のテス』の舞台になる）の農家に生まれた。スターミンスター‐ニュートンで初等教育を受けてから、才能を認められてドーチェスターの法律事務所で見習事務員として勤めた。ギリシャ語やオルガン演奏を学び、さらに木彫も学び、詩作もした。諸言語に関心をもち、ラテン語をはじめとしてフランス語、イタリア語、ケルト語、ロシア語、ヘブライ語、ペルシャ語、ヒンドゥスターニー語（北部インドの言語）まで研究した。また、地方の考古学にも関心があった。法律よりも教職に自分の天職を見いだして、一八三五年から六二年までウイルトシャー州やドーチェスターで教職についた。のちに牧師になったが、一八八六年に没した。ハーディが知り合ったときは、ドーチェスターで学校を開いていた。バーンズが教職を辞したのは、自分の授業が受験のための勉強になる恐れがあったからである。教え子のひとりが官吏登用試験で抜群の成績を収め、それが、有力な新聞『タイムズ』に掲載されたことから、バーンズに教育を依頼する父兄からの手紙が殺到した。こういう反応は彼の望むものではなかった。

バーンズには主にふたつの関心があった。ひとつは詩作であり、もうひとつは方言などの言語学の研究であった。

一八四四年に、最初の方言詩集を刊行した。言語学の研究では、ドーセット州方言は標準語が訛った方言ではなくて、アングロサクソン語の一分派であると主張している。のちに詩集は、『ドーセット方言による田園詩』として刊行されたが、ハーディはその書評を一八七九年に雑誌に発表して、その意義を明らかにしている。ハーディはのちに作品で郷土について繰り返し書くことになるが、この点では、バーンズの後継者であった。

公開処刑を見る

建築事務所に入ってまもなく、ハーディの生涯に大きな影響を与える事件に遭遇した。それは公開処刑を見たことである。

一八五六年八月九日のことだった。現在の、犯罪者を更生させる矯正主義の法律とは違って、当時は厳罰主義で、みせしめのために処刑が公開された。こうすることで犯罪を防止できると考えられていたのである。しかし、実際は一種の見世物的な興味から人々が多数集まるという面もあり、現在は公開処刑は廃止になっている。このときの処刑は、ドーチェスターの刑務所の入り口につくられた処刑台でおこなわれ、三、四千人が見物に集まった。処刑は早朝おこなわれたが、ハーディは事務所に行く前に処刑を見ている。それも処刑台に一番近いところに立った。背が低いので後ろでは見えないというので、一番前に立たせてもらったという（ハーディの身長は一六五センチぐらい）。このとき処刑されたのは、マーサ＝ブラウンという既婚の女性で、十歳年下の夫の不義の現場を押さえ、これがもとで帰宅してから口論となり、夫にむちでたたかれた仕返しに夫の頭を斧で殴り、殺害したというものであった。

こういう死刑はひんぱんにあるわけではないので執行人もあわてており、衣服が乱れないように体に結わえつけることを忘れており、あとで結わえ直した。七十年後の一九二六年に、ハーディはこのときの光景を描いている。その女性は、処刑直前も落ち着いた態度であった。小雨に濡れて顔を覆っている布がぴったりと貼りついて目鼻立ちがはっきりと見え、また黒い絹の衣服も濡れて体に巻きついて体の線がはっきりと現れていた。「回りまた戻り」するぶらさがった体は、「なんと美しかったことか」とハーディは書いており、後年、この殺人事件について調べるように知人に依頼している。

何がこれほどハーディを引きつけたのであろうか。十六歳の感受性に富む少年には、おそらく、それが人生のひとつの縮図と映ったのだろう。実は被害者でありながら、加害者として処刑される悲惨なひとりの女性の生涯は、女性の立場の弱さをハーディの胸に強烈に訴えたのだろう。また、それを冷静に眺めるハーディには、人生の暗い現実を冷厳に見つめるという後年の作家態度も明確にうかがえる。現実を見つめる作家としての態度が、はやくもこの時期にはじまっていたことも理

ホレス＝モウル

解できる。

二年後にまた、ハーディは処刑の様子を見ている。一八五八年八月一〇日、朝八時に処刑がおこなわれることになっていた。ボカンプトンの自宅におり、ちょうど朝食前であったが、処刑のことを思い出し、望遠鏡を取り出して外へ出てその方向に向けた。ちょうどその瞬間に、下に落ちる男の姿が望遠鏡に映った。病的な関心だという批評家もいるが、人生を冷厳な目で見る態度の現れであろう。

ホレス＝モウルとの出会い

一八五七年の時点で、ハーディにとくに影響を与えていたのは、ホレス＝モウルである。モウルの父ヘンリーはドーチェスターの牧師だった。前述の女性の処刑のとき刑務所つきの教悔師は、動揺して処刑台までついて行くことができなかった。代わって、ひとりの背の高い男がついて行った。この人こそハーディの母が称賛していた牧師のヘンリー＝モウルであり、そのとき近くの教区の牧師をしていた。ヘンリーはコレラが流行したとき自分が罹病するのを恐れずに献身的に救護活動したということで教区民の信頼を得ていた。七人の息子がいたが、父の教えを受けて、そのうち三人は聖職者として、あとの四人は学問の分野で活躍した。ハーディは水彩画の勉強でそのひとりと知り合い、そのあとホレスと知り合ったのである。

ホレス＝モウルはハーディより八歳年上で、ハーディの精神的な成長を助けた。ハーディの文学愛好、知的好奇心や向上心を刺激したのはホレスである。ゲーテの『ファウスト』をハーディに貸してやったり、また、わざわざハーディのためにケンブリッジ大学の図書館から本を借りてやったりしている。しかし、モウルはハーディが大学に進むことには賛成しなかった。

ホレス＝モウルは、一八五一年、オックスフォード大学に入学するが、三年後には学位を取らずに退学し、今度はケンブリッジ大学に入学した。ギリシャ語、ラテン語ではとくにすぐれた成績をおさめたが、学位は取れなかった。大学を退学したあとは教職についた。

『種の起源』の出版

一八五九年、ダーウィンの『種の起源』が出版され、聖書の権威に疑問が投げかけられた。平和の夢をむさぼっていたヴィクトリア朝は騒然となった。神による天地創造は疑わしく、自然選択によって生物は進化するという説は、社会に大きな影響を与えずにはおかなかった。

生存競争は、田舎の自然のなかで実際におこなわれていることであり、ハーディもよく理解できた。人一倍聖書に通じていたハーディもまた、キリスト教に対する懐疑をもちながら生涯を送るこ

ハーディの妹ケイト

ハーディの妹メアリー（推定）

とになった。他方、この懐疑から彼の作品は生まれてくるのである。信仰を堅く保ち続けることができる時代に生きていたならば、その作品はまったく別のものになったであろう。しかし、ハーディはすぐにキリスト教の信仰を捨てたわけではない。教会には通っていた。

自助の精神

『種の起源』が出版されたのと同じ一八五九年に、一冊のベストセラーが刊行された。それは、サミュエル＝スマイルズの『自助論』（セルフ＝ヘルプ）で、イギリスの格言にある「天は自ら助くる者を助く」という精神を数多くの実例をもって説いたものである。創意と勤勉があれば、財産がなくても、身分がなくても、人生において成功するというもので、才能はありながら社会的地位が低く、経済的に恵まれない人たちに生きる希望を与えた。

一八六六年、徳川幕府の留学生としてイギリスへ渡った中村正直は、この本を知人のイギリス人から贈られ、帰国後、『西国立志編』として訳出した。これが明治の青年をはげますことになったが、ハーディの精神には、スマイルズが説いたような自助の精神があった。社会的地位もなく、また経済的にも恵まれないハーディにとって、生きるために頼りにできるのは、自分の才能だけであった。彼は、それを独力で磨くべく努力するのである。ハーディの作家としての活動を支えていたものは、この自助の精神だった。

妹たちもまた、兄と同じように、それなりの方法で努力するのである。妹のメアリーは、ソールズベリの教員養成学校に学んで、卒業後、小学校の教員になった。メアリーはフランス語、絵画、音楽にすぐれていた。村の教会のオルガン奏者もした。教員の免許状をとって教員になることが、当時にあっては労働者階級から抜け出して、経済的な安定を得る方法のひとつであった。貧乏な家庭に生まれても知的才能のある女性たちは、このコースをたどって、自活の道を開いた。結婚はしなくても、一生生活には困らなくなるのである。

下の妹のケイトも、姉と同じくソールズベリの教員養成学校に入学した。学校の厳しい規律に反発しながらも卒業し、姉と同じように小学校の教員になり、自分の力で生活した。二人とも結婚することはなかった。

ロンドンに出る

一八六二年四月十七日、ハーディは職を求めるために故郷を離れてロンドンに出た。子供のころ、旅行の途中でロンドンに立ち寄ったことはあったが、長期にわたって滞在するのは今度がはじめてであった。二人の建築家への紹介状をもらっていた。そのうちのひとりノートンの事務所で製図のアルバイトをしている間に、幸運にも、教会修復の設計士を求めていたアーサー＝ブロムフィールドに紹介されて、その建築助手となった。

ブロムフィールドはロンドン主教の息子で、名門のパブリックスクール（私立中等学校）のラグビー校からケンブリッジ大学を卒業したという毛並みのよさであった。このときブロムフィールドは三十三歳で意気に燃えていた。ゴシック建築の専門家で、教会設計、建築、修復の専門家であった。本業のほか、素人芝居の役者、歌、水彩画と多趣味であり、多才であった。登山家のクラブ、アルパインクラブにも属していた。教会音楽が好きで事務員と合唱団をつくった。ハーディも誘われて入団し、テノールを歌った。ブロムフィールドはこの十歳年下の助手に目をかけた。ハーディも彼を尊敬し、二人はこの後長く交際することになった。

ロンドンの光と影

ハーディがロンドンに出る十年前の一八五一年、ロンドンでは第一回万国博覧会が開催された。これは、画期的な国家的行事で、ハイドパークに鉄骨とガラスぶきの、「水晶宮」（クリスタル＝パレス）が建築された。ここを会場として博覧会が開かれた。

約十年後の一八六二年には第二回万国博覧会が開催されたが、第一回万国博覧会におとらず盛況だった。ハーディはこの博覧会をよく見に出かけた。一週間に二、三度、仕事が終わってから行っている。ロンドンに出て来た理由のひとつは博覧会の見学だった。ウイリアム＝モリスの中世風の家具の展示、北イングランドからの製綿用機械、エジプトの墓から出土した宝石類などが展示されていた。

ハーディはロンドン滞在を有意義に活用した。国立美術館に通って名画を鑑賞し、コヴェントーガーデンのオペラハウスで、ロッシーニ、ヴェルディのオペラを見た。自分でも中古のヴァイオリンを買って、さわりのところを弾いてみた。

田舎ではできないことがロンドンではできたが、その反面、都会の影の部分も見ることになった。事務所には、ドーチェスターと違って、パブリックスクールや大学出の人たちがいたが、田舎の禁欲的な雰囲気とは違って、まじめさを嘲笑するようなところがあった。

ロンドンでは、貧富の差を痛切に感じた。金持ちがいる一方、貧しくて野宿する人たちもいた。ロンドンの貧困者にくらべれば、田舎の貧乏はまだましであった。乱れた生活をする牧師もいたので、牧師に幻滅を感じはじめた。

ロンドンの夜の生活も知った。表向きは舞踏場だが、実際は売春クラブもあった。ドーチェスターの友人に誘われて、そんな所へ行ってみたこともあった。当時、ロンドンには売春婦がたくさんいたので、ハーディも声をかけられたことだろう。

詩への開眼

一八六二年、ハーディがホレス＝モウルとロンドンで会ったとき、一冊の本をもらった。これはその後のハーディの生涯に大きな影響を与えることになった。『黄金詩歌集』（ゴールデントレジャリ）とよばれるイギリス詩のアンソロジーである。フランシス＝ポールグレーヴが前年に出版したもので、それまでのイギリス抒情詩が選ばれて収められてある。詩の選択がよく、百三十年を過ぎた現在でも増補されながら広く読まれ、イギリス詩の標準的なアンソロジーとなっている。このアンソロジーとの出会いは偶然だったが、ポールグレーヴが、ハーディが読むために編集し刊行したと言えるくらい、よいタイミングだった。ハーディは、これに書き込みをしながら詩作を研究したし、多くの詩人の作品を買って読んだ。ハーディは、生涯に八冊の詩集を出版することになる。

ハーディはこのほか、『旧約聖書』の「伝道の書」を、イギリスの十六世紀の代表的詩人エドマンド＝スペンサーの愛用した詩形を使って書き直そうとしている。また、押韻辞典にさらに自分で押韻する語を書き加えている。押韻する詩を書く場合、押韻する語を自分の語彙としてたくさんもつことは重要なことである。ハーディは、後年、押韻詩を多く書いている。

ロンドンでのハーディのひそかな望みは、マーティン夫人と再会することであった。子供のハーディをかわいがってくれた夫人は、ドーセットを離れて、ロンドンのブルーストン街に転居していた。夫は気象学に熱中してハリケーンの進路について学説を出していた。

マーティン夫人に再会する

ハーディはロンドンに来るとまもなく、昔の夫人の面影を心に描き、はやる気持ちを押さえながら夫人を訪ねた。ドアを開けてくれた執事は、故郷に夫人一家がいたときの執事と同じで、ほとんど変わっているようには見えなかった。だが夫人は、ハーディが描いていた女性の面影とは違っていた。約十五年の年月が流れ、夫人は五十二歳になっていた。

夫人も当惑したようだった。そのとき彼は二十一歳で、夫人が知っていた昔のばら色のほおの幼児ではなかった。そして、ハーディのほうは、さらに階級の差を感じないわけにはいかなかった。子供のころは意識しなかったが、成人した今では、自分が一段低い階層にいることを感じた。夫人はまた来るように言ってくれたが、ハーディは生涯、再訪することはなかった。そして一年後、夫人はロンドンを離れてしまった。もし再訪して親しくなれば建築家としてのハーディにとって有利になったかもしれない。夫人のいとこのエイデはブロムフィールドの友人であり、その引きで有利な仕事ができたかもしれない。しかしハーディはそういう意味で夫人を見ることはなかった。ハーディが夫人を訪問したのは、初恋に似た感情からであり、実利を求めるためではなかった。訪問はしなかったが、ハーディは、夫人に対する思いを生涯抱き続けることになる。夫人は一八九三年に死去するが、その少し前まで文通が続いていた。

建築懸賞論文に入選

一八六三年五月、ハーディは、王立建築協会の懸賞論文に入選して銀賞に入賞した。論文の題は、「現代建築への彩色レンガとテラコッタの採用について」だった。それに賞金十ポンドがついていたが、「課題に十分答えていない」という理由からもらえなかった。その課題のほうは途中で追加されたもので、ハーディはそれに気がつかなかった。ハーディは抗議して、その課題を加えて論文を書き直して提出すると述べたが、認められなかった。受賞をめぐって、ハーディは公平でないものを感じた。もし自分に後援者がいれば、そのような差別を受けなかったのではないかと思った。階級による差別があると感じた。自分がパブリックスクールや大学の卒業生ではないということで、不利なあつかいを受けていることを実感した。そして建築界もコネで動いていることを認識して、建築の世界に愛想をつかして文学に専念するようになったのである。

二　ロンドンでの修業

キリスト教に対する懐疑

一八六五年のころまでには、建築で身を立てようという気持ちは薄くなっていた。ハーディは、ロンドン大学に通ってフランス語の勉強をしている。種々の作家の作品を読み、ノートにとって創作の勉強をしている。一八五九年に出版されたダーウィンの『種の起源』を読んだことが、ハーディの生涯を決定することになる。ダーウィンの進化論によれば、聖書の記述は信頼できないことになる。聖書によれば、神は天地創造の第五日目と六日目に、すべての生物を現在存在しているのと同じ形につくったことになる。しかし、進化論によればそうではなくて、生物の種は変化し、進化して今日の形になったのである。そして、その進化の背後には、神の意志ではなくて、自然選択という原理が働いている。それによって、種が分岐して変種を生じるというのである。

進化論が当時の知識人に与えたショックははかりしれないものであるが、ハーディも進化論を知ることによって、キリスト教に懐疑的にならざるを得なかった。また、一八六五年に英訳の出たコントの『実証主義概説』も読んでいる。コントによれば、死後の世界についての確証がない以上、現世の生活を向上させることに全力を尽くすべきだ、ということになる。
しかし、キリスト教の神学には懐疑的にならざるを得なかったハーディも、教会のもつ美的なもの、たとえば教会音楽、教会建築を否定することはできなかった。この態度は生涯続くことになる。この時点においても牧師になる夢を捨ててはいない。彼は、田舎の牧師になり、文学を楽しもうと思っていたのである。

建築家の小説が雑誌に載る──「私はどのようにして自分の家を建てたか」　一八六五年三月十八日付の雑誌、『チェンバーズ＝ジャーナル』誌に、匿名ながらハーディはおもしろい作品を発表した。「私はどのようにして自分の家を建てたか」という題名である。これは建築家としての知識と経験に基づくものではあるが、建築の論文というよりもかなり小説に近いものだった。小説家としての才能をはじめて示したものとして注目に値する。

「私」が語り手になっているが、フィクションである。「私」は結婚して子供が三人いる。家を新築しようということになり、土地を探す。はじめは駅から近いということも含めて理想的なことを考えて探すがなかなかみつからない。最後にはあきらめてしまう。
建築家を紹介してもらう。設計図を書いていって値段を見積もってもらう。予算よりはるかに高いことを言われる。高すぎると言うと、建築家は端数を切り捨て、予算に近い額を出した。客の出方をみながら値段をつけ、下げたとしても絶対に損はしないという商売人のやりかたを、この作品の中で描いている。

最初の設計より窓を広くしたほうがよいかと聞かれて、そうしてほしいと言うと余計に金を取られ、小さくしたほうがよいかと聞かれて、そうしてほしいと言うとまた余計に金を取られる。新たに追加して何かを頼むと、しっかりと追加工事料金を請求される。流しの水の溜め池も、雨水を入れるタンクもポンプなどが追加工事となる。家に必要な部分ではないかという議論は通らない。なんとか理屈をつけて追加工事費を取るのが、洋の東西を問わず建築業者のやり口なのだ。

ハーディは建築事務所に勤めているうちに、この客とのかけひき、取れる客からはすこしでも余計に金を取るということを学んだのであろう。それをユーモラスに書いている。いざ建ててもらうと、常識では考えられないようなミスを建築家はおかす。たとえば、子供部屋に窓格子がなくて子供が転落してしまうような部屋をつくるのである。

事務所で知ったことをもとにして小説風に書いたものだ。人物の造型といい、ユーモアといい、後年の作家ハーディを彷彿させる作品である。この作品の題名は、「私はどのようにして自分の家を建てたか」であるが、この作品を書くことでハーディは、「どのようにして小説を書くか」を自得した。匿名ながらこれが雑誌に掲載され、初めて作品の原稿料として三ポンド十五シリングをもらったことは、ハーディに物書きとしての自信を植えつけた。本格的な小説を書くのはこの二年後のことである。

ミルの選挙演説を聞く

一八六五年七月の中ごろ、ハーディはセント-ポール寺院の前の演壇でジョン=スチュアート=ミル（一八〇六-七三）の選挙演説を聞いた。この日の思い出をハーディは、ミル生誕百年の時点で書き、『タイムズ』に掲載された。ミルは当時の進歩的思想家であり、ベンタムのあとを次いで功利主義哲学を唱導する。

ハーディは、その『自由論』を愛読し、共鳴した。個人の自由は尊重されるべきものである。その自由のうちで、ハーディにとってもっとも重要な自由は表現の自由であった。個人の思想は、当時の人々にとっていかに異端なことであろうとも、表現は自由にされるべきものである、という思想を、ハーディはミルから学んだのである。この信念をハーディは生涯貫くことになったが、その結果、ごうごうたる非難を浴びることになった。

ミルは、選挙運動では女性の参政権を訴えた。一八六六年、ミルは議会に女性に参政権を与える請願を提出したが否決された。このあと一八六九年には、男女差別には根拠がないことを説く『女性の服従』を出版した。

ミルのこの運動は重大な意味をもっていた。ミルの請願は否決されたが、女性参政権運動は続けられ、一九一八年には一部の女性に参政権が、ハーディの亡くなった一九二八年には完全な女性参政権が与えられたのである。言葉を換えて言えば、ハーディの生きていた時代は女性の自立の運動が盛んだった。一八六五年には初めて女性が医者になることが認められた。一八六九年にはケンブリッジ女性学寮（後のガートン学寮）が創立された。このような女性の自立の動きのなかにハーディも生きていたことになる。ハーディ自身もまた目覚めつつある女性たちの姿を、その作品のなかで表現したのである。

ハーディがミルの選挙演説を聞いたのは偶然だが、それは象徴的な意味をもっていた。

スウィンバーンへの傾倒

スウィンバーンの詩はハーディを魅了した。一八六六年に出版された詩集『詩とバラッド』をすぐに買い求め、ロンドンの人込みのなかを、突き倒される危険もかえりみず歩きながら読んだ。この詩集は当時としては斬新で刺激的であり、また、ヴィクトリア朝時代のキリスト教道徳を攻撃するものであった。

その詩集の異端性が青年の心を激しくゆすぶったことは想像にかたくない。後年、ハーディ自身も、作品に対して不道徳というレッテルを張られ、ごうごうたる非難を浴びることになるが、ハーディはスウィンバーンから多くのものを得ているのである。ある点において、ハーディはスウィンバーンの忠実な弟子だったのである。「スウィンバーンが種を蒔き、ハーディが水をやり、悪魔が刈り取る」と言われたという。

故郷に戻る

一八六六年には、牧師になる望みをまったく捨ててしまう。ハーディは、ケンブリッジ大学に入ろうとしたが、経済的に不可能だということがわかった。ホレス＝モウルに相談したが、モウルは勧めなかった。また、ギリシャ語の力もなかった。牧師になるためには大学を出なければならなかった。大学卒業までの時間も長すぎた。そして一番根本的なことはキリスト教に対する信仰が、ロンドン滞在中に揺らいでしまったのである。

ハーディは健康を害した。毎日、仕事が終わってから部屋に閉じこもって午後六時から十二時まで勉強したことや、テムズ川のそばの事務所で、川の泥から立ちのぼる悪臭で汚れた空気を吸ったためであった。ブロムフィールドも、しばらく故郷で静養してからまだ戻るようにと言ってくれた。ヒックスが助手を求めていたので、それをよい機会に、一八六七年、五年間住んだロンドンを引き上げた。

闇に消えた処女作

一八六七年になると、初めての小説を書きはじめたのである。創作には想像力と経験をもとにするのがよいと考えて、自分がだれよりもよく知っている田舎の生活とロンドンでの生活の経験をもとにして書きあげ、そのタイトルを『貧乏人と貴婦人』とした。

原稿は一八六八年七月に完成した。これをハーディはホレスに読んでもらった。ホレスも出来ばえに満足したようで、マクミラン社を紹介してくれた。

社長のアレキサンダー＝マクミランは自分でも読み、また『フォートナイトリ・レヴュー』誌の編集者であるジョン＝モーレーにも読んでもらった。それをまとめて八月十日付でマクミランはハーディに返事を書いた。そのなかで、「労働者の田舎の生活の描写はすばらしい」が、「ロンドン市民、とくに上流階級の描写はきびしく辛辣である。多くの点で真実であるが、全体として暗い。暗さを救う一条の光もなく、誇張されており、結果的には真実でない」としている。後年のハーディの作品の特徴を予言するような評である。「これが処女作なら、さらに書き続けるべきだ」と才能を認めながらも、出版を承諾しなかった。

ハーディは、作家として世に立つことを夢みていたので、さらにねばった。マクミランは、別の出版社であるチャップマン社を紹介してくれた。売れない場合の損失を考えて、二十ポンドの保証金を積めば出版すると言うので、ハーディは承知した。

ところが、当時の大作家メレディスは、プロット中心にするようにと忠告した。内容は芸術的であっても、筋書きは、当時人気のあったウイルキー＝コリンズのように複雑な筋書きにしたほうがよいと言った。メレディスは、この作品にはあまりにも当時の体制批判が強すぎるとしている。「実際この物語は、地主階級、貴族階級、ロンドン社交界、俗悪な中産階級、現代キリスト教、教会修復を批判する大胆な風刺劇である」というような意味のことを述べて、社会意識をやわらげ、もっとプロットに中心をおく作品にすべきであるとしている。まさにメレディスの見解は、ハーディの文学の本質をつく意見であった。現在では考えにくいことであるが、逆にいえば当時はそれほど既成社会の圧力が強かったということである。体制批判はハーディ文学の中心にある。結局、チャップマン社も出版を引き受けなかった。

ハーディは、なおこの原稿を思い切ることができず、他の出版社のティンズレー社に送った。そこでも、売れない場合の保証金を出すことを要求されたが、前回よりも高い金額だった。ハーディは出版をあきらめざるを得なかった。この作品は、ハーディの実質的な処女作でありながら、読者の目に触れることなく闇に消えていった。原稿はこの後、他の作品を書く材料として利用されるだけとなった。

『貧乏人と貴婦人』――階級制度批判

出版できなかったためにハーディはこの原稿を破棄してしまったので原作は残っていないが、ハーディの記憶から復元すると次のようなものである。（ハーディは処女作と同じ内容のことを、別の小説『女相続人の無分別な生涯』（邦訳『地主の娘』）として一八七八年に雑誌に発表している）

作品の主人公は、ハーディの故郷ドーセット州の労働者の息子ストロングである。彼は村の小学校でよい成績だったため、地主のアランコートに見込まれて経済的援助を受けて建築家の製図見習いになる。ところが、彼と地主令嬢が恋仲になって婚約すると、それを知った地主はストロングをロンドンに追いやる。そこで彼は建築の賞をもらうが、取り消されてしまう。地主に対する反発から、彼は革新的な思想を抱いて急進的な政党に入った。彼の街頭演説をたまたま聞いた令嬢は彼から遠ざかるが、偶然にも音楽会で二人は再会して、また交際が復活する。

令嬢が金持ちと結婚するという噂を聞き、令嬢をあきらめ切れないストロングは故郷に戻り、結婚の前夜に結婚式がおこなわれる教会のなかをさまよっていると、たまたまやってきた令嬢に会う。令嬢は愛するのはストロングだけだと告白する。彼女は病気になってしまい、地主は驚いてストロングを呼びにやるが、彼女は死んでしまう。

作家は、処女作に向かって成熟するというが、この作品のなかに後年のハーディの文学の主題がよく姿を現している。その最大のものは階級問題である。貧しい青年が地主階級の女性を愛するが結婚できないということで、男女を裂くものとして階級差別が厳然として存在することが示されている。男女の愛は階級制度によって壊れるというテーマである。ただ注意すべきことは、貧乏な青年が上の階級の女性を無縁なものとして無視するのではなくて、あこがれるということである。しかし、そのあこがれは成就されることはない。実生活においてもハーディは、階級上昇志向をもって生きていたのである。

トライフィーナ＝スパークス

トライフィーナ＝スパークスとの恋

ハーディは、母方のいとこのトライフィーナ＝スパークス（一八五一―九〇）を愛するようになった。彼女は小学校のときから成績がよく、小学校の教師になるために努力していた。教師になることは労働者階級の女性たちが生まれついた階級から抜け出して経済的に自立するための方法であった。彼女は自立を目指して努力した。一八六六年に、ようやく故郷の小学校の教師見習いになった。

一八六七年の夏、ハーディがロンドンを去って故郷に戻ったときから、二人の間に愛情が高まっていった。そのときハーディは二十七歳、トライフィーナは十六歳で、前述したように小学校で教師見習いをしていた。

結婚に反対したのは母親のジマイマである。彼女はいとこ同士の結婚であり、血族間の結婚は『祈禱書』で禁じるところとなっていると言った。ハーディは婚約指輪を渡したという話もある。ハーディとトライフィーナの関係を重くみる研究者には、二人の間に子供さえ生まれたという説を唱える人もいるが、はっきりした証拠はない。

教師見習いを終了して教員養成学校に行く資格を得て、一八六九年にロンドンのストックウエル教員養成学校に入った。一八七一年に教員養成学校を出て、トライフィーナはプリマスの公立小学校女子部の教員の職を得た。一八七三年に、のちに結婚するチャールズ゠ゲールと知り合う。そしてこのあと婚約指輪をハーディに返したとも言われている。トライフィーナとチャールズ゠ゲールは一八七七年に結婚した。

結婚することはなかったが、ハーディのトライフィーナに対する熱い思いは生涯消えることがなかった。その面影は詩や小説にしばしば登場する。小説『日陰者ジュード』では、いとこ関係の男女の恋愛が中心テーマとなっている。

『窮余の策』の執筆

ハーディはメレディスの忠告、つまりもっと筋の複雑な小説を書くようにという忠告に従って、次の小説を書きはじめた。これはのちに『窮余の策』となる作品である。一八六九年二月、彼が勤めていた建築事務所のヒックスが亡くなり、その後任にジョージ゠クリックメイがなった。その前からハーディはクリックメイの助手として古い教会修復の仕事をしており、かなりの仕事をまかされてこなしていた。クリックメイは教会建築にはあまり詳しくなかったのでハーディに援助を頼み、ハーディもそれを引き受けていた。

二月十一日付で、ハーディはクリックメイから運命的な手紙をもらうのである。「私の代理としてコーンウォルへ行き、私が修復することになっている教会の設計図の委細を調べてくれませんか。

来週早々に願います。来週月曜日にお会いしましょう」。この一見なんでもない手紙が彼の生涯に新しい局面を開いた。

ヒックスは一八六七年四月に、コーンウォルのセント゠ジュリオット教会の修復のための設計図面を書き上げていたが、牧師カデル゠ホールダーの夫人がその二か月後に死去したので、工事は延期されていた。その仕事を引き継ぐことを依頼されたのである。

はじめは、『窮余の策』を執筆中だったので断ったが、ふたたび懇請されたので三月に出かけることにした。マクミランに原稿を送ったあと、三月七日の月曜日に出発した。コーンウォルにはそれまで一度も行ったことがなく、セント゠ジュリオット教会という名前をなにかロマンティックなものとして聞いたのである。

三 コーンウォルの恋人

エマ＝ギフォードに会う

一八七〇年三月七日（月曜日）、ハーディは、クリックメイの依頼を受けてセント‐ジュリオット教会堂修復の調査のため、四時に起きて北コーンウォルに向けて出発した。暗い空には星が輝いていた。木の枝には霜が白かった。手にはスケッチブック、巻き尺、定規をもっていた。彼の家からセント‐ジュリオットまでは、直線距離にすれば約二百キロである。鉄道を乗り換えて、鉄道の終着駅であるローンストンに着いたのは午後の四時であった。そこから馬車を雇って二十五キロの道のりを目的地に向かった。途中、岩山のあいだを通り、到着したころには日は暮れて周囲は真っ暗になっていた。空には木星が見え、やっと遠くに灯火が見えた。それは、海岸に立つ灯台の灯だった（この経験は三年後、小説『青い瞳』で生かされることになる）。

ハーディはその日の夕刻、六時から七時のあいだに牧師館に到着した。出迎えてくれたのは、バラ色のほおに淡黄色の髪の、茶色の服を着た若い女性だった。ハーディが着いたとき、牧師ホールダーは痛風で床につき、二階で妻のヘレン＝ホールダーが看病していた。そのためその妹エマが出迎えて

ボスカースル港

くれたのである。すぐに姉が降りてきてハーディを部屋に招じ入れた。エマにとってハーディは老けて見えたが、あとで外見よりも若いことがわかった。エマにはハーディの声はやさしく、ひげは黄色がかって外套はみすぼらしかった。そのポケットから青い紙が見えた、教会の設計図だとエマは思ったのだが、実際は詩の原稿であった。この運命的な出会いでハーディは恋におち、のちに二人は結婚することになった。

翌八日には、ハーディは教会で見取り図の作成や、測量をして一日を過ごした。九日には、ボスカースル港を経て伝説上の王アーサーが生まれたとされるティンタジェルを通り、屋根に使う石を探して近くの石切り場を訪ねた。十日には、ハーディはエマといっしょに近くのビーニークリフに行った。エマは子馬に乗っていた。午後、ハーディはボスカースル港に行った。姉妹が途中までついてきた。夜になると姉妹はピアノを弾き、二重唱を歌った。音楽がハーディとエマを結びつけたのである。

セントージュリオット教会への旅は、はるかな国への旅でありハーディの心はさびしかった。ところが、仕事が終わって故郷に戻ってきたときのハーディの気持ちは、行くときとは全然違っていた。彼の目は、何物かに憑かれたように輝いていた。まわりの人たちはその目をみていぶかしがったが、それもそのはず、ハーディは、コーンウォルでイゾルデ（アーサー王物語に登場する王妃）のような女性に会ったからである。

エマ＝ギフォード

エマは、弁護士ギフォードの五人の子供の末娘として、イングランドの西南の港町プリマスで、ハーディと同年の一八四〇年十一月二十四日に生まれた。ハーディより数か月ほど若いことになる。生まれたのはプリマスのヨーク街一〇番地である。出会ったときは三十歳になろうとしていたが、実際よりは若く見えた。

ハーディと結婚する前の
エマ＝ギフォード

エマが生まれ少女時代を過ごしたプリマスは、イギリス西南部に位置する港町である。深い湾があって港内を一望できる高台と要塞がある。港としても最適で、歴史にもしばしば登場している。十六世紀に、フランシス＝ドレイクがスペインの無敵艦隊と戦うために出撃していったのはこの港である。また、アメリカ建国の礎石となった巡礼始祖たちを乗せたメイフラワー号

プリマス港の「メイフラワー号記念碑」

プリマスの「ドレイク像」

が、アメリカ大陸に向かう前に最後に寄港したのがこの港である。この港町をエマは生涯懐かしんだ。

ギフォード家は典型的な中産階級であり、自分で働かなくても食べていける階級であった。エマの父は弁護士だったが、それで生活を支えていく必要はなかった。エマは、自分の親戚は聖職者か、法律家か、医者か、軍人であると述べている。石工のハーディ家より上の階級に属していた。

ギフォード家は音楽が好きだった。父はヴァイオリンを弾き、母はピアノを弾き、また父と母が一緒に歌った。コンサートにもよく行った。メンデルスゾーン、ショパン、ウエーバー、シューマン、リストらの作曲家が当時は人気があった。歌謡としては、ジングルベル、サンタルチアのような歌に人気があった。エマとハーディを結びつけたひとつの理由は、二人とも音楽が好きだったということである。

セント－ジュリオット教会

エマの姉のヘレンがセント－ジュリオット教会のホールダー牧師と結婚した

セント-ジュリオット教会

ので、エマもそこに移り住んだ。セント-ジュリオット教会は、コーンウォル州の北部にあり、海岸に近い。大西洋の波濤が岸に押し寄せて水しぶきをあげ、白いカモメ、黒いベニハシガラスが舞い、ウミスズメが飛び、とくに海面を朱に染める落日は雄大である。

セント-ジュリオットの村は、当時の鉄道駅ローンストンから二十五キロも離れていた。まじないがまだ信じられているような土地柄で伝説も残っていた。新聞も新刊書もまれにしか手に入らないような所であり、厳しい労働のため、人情の温かみもないような村だった。

教会はいたみがひどく危険であり、礼拝は三年間も教会ではなく小学校でおこなわれていた。鐘は塔から落ちる危険があったので、下におろされてさかさに置かれているありさまだった。エマの義兄の牧師が教会改築に踏み切ったのである。

この牧師の家族以外の村の住民は農民で、教育を受けておらず、対等な関係の交際はなかった。魔法が村人には信じられていた。隣家は離れており、一軒だけぽつんと牧師館が立っていた。エマは姉夫婦といっしょに住み、姉の手伝いをして家事をしたり教区民を訪問したり、日曜日の礼拝にはオルガンを弾いたりしていた。ファニーという子馬に乗って、教区の辺鄙なところをまわる仕事をしていた。

牧師はパトロン（聖職授与権者）に働きかけて、教会を修理してもらうことにした。パトロンは、修復代として七百ポンドを負担し、教区民が二百ポンドを負担するという取り決めだった。エマは、修復の募金を集めたり、家計費を切りつめたり、自分の描いたスケッチを売って金をつくっていた。

　そのような経緯があって、ハーディの親方のヒックスが教会の修復を依頼されたのである。ヒックスが死去したあと、後をついだクリックメイに依頼されて、ハーディがセントージュリオットに来ることになったのである。

貴婦人渇望

　ハーディがエマに魅力を感じたのは、活発な女性であるということのほかに、自分よりも階級が上の女性だということであった。なぜなら、エマは弁護士の娘であり、ハーディは石工の息子だったからである。また、ハーディにとって、エマが住むコーンウォルは、アーサー王が住んだ伝説の国でもあった。ハーディはエマをイゾルデと呼んだ。

　イゾルデはアーサー王物語に登場するコーンウォルのマーク王の妃である。家来のトリスタンは、マーク王の命令で、アイルランドに住むイゾルデを王妃として迎えに出かけるが、途中二人は、偶然のきっかけで愛し合い、深い仲になる。そのままイゾルデはマーク王に嫁するが、トリスタンはイゾルデをあきらめることができず、イゾルデもまたトリスタンへの愛を忘れることができなかった。最後に瀕死のトリスタンは、イゾルデに一目会うことを願いながらむなしく死んでいく。

後世、この悲恋は多くの文学者や芸術家によって取りあげられた。ハーディ自身も、最晩年『コーンウォルの王妃の有名な悲劇』という劇を書くことになるが、この時点からその作品のモチーフはできていたのである。ハーディが見たエマは現実の女性ではなく、現実の女性の装いをしたイゾルデであった。

かつてマーティン夫人からかわいがってもらったことで幸福を感じたのと同じことである。そういう姿勢、渇望がハーディにはあった。階級は上でかつ教養がある上品な女性にあこがれていた。想像の世界で、ハーディは貴婦人たちにあこがれていた。現実には期待を裏切られるのだが。

エマとの再会

当時ハーディには、恋人としてトライフィーナがいた。彼女はロンドンの教員養成学校で勉学しており、会うことはままならなかったが、ハーディが愛し結婚まで考えていた女性であった。ところが、エマに会ったことによって、コーンウォルの女性のほうにひかれてしまった。

一八七〇年八月八日、ハーディはふたたびコーンウォルに旅立った。この訪問は仕事のためではなかった。このときは、エマの義兄のホールダー牧師からの招待であった。エマが義兄に招待するように頼んだのか、あるいは義兄が気をきかして招待したのであろう。

エマはいろいろな場所を案内してくれた。エマは子馬ファニーに乗り、ハーディは徒歩だった。

断崖を、そしてアザラシのいる岸辺を見てまわった。スケッチをしたり本について話をした。ハーディは、再会してみて最初のときの印象が間違っていないことを確認した。エマにとってもハーディは、これまであった男性と違って、考え方や話し方に魅力があった。

エマは乗馬が得意だった。村の人たちが驚くほど大胆に馬を走らせていた。青い大西洋を背景に、赤い肌をみせる岩のわきを、身も軽く髪を風になびかせながら馬を走らせた。この活発なエマにハーディは魅了された。彼は、「人生がその最高の姿を見せてくれている」と思わざるをえなかった。ハーディが無口なのに対して、エマはよくしゃべり活発だった。エマはまた、ハーディにないものをもっていた。これがハーディをひきつけたのである。

『窮余の策』の出版契約

四月五日、マクミラン社から『窮余の策』を断る手紙がきた。ここでハーディは、その原稿をティンズレー社に送った。ティンズレー社は、七十五ポンドの前金を出せば出版すると言ってきた。これに対してハーディは次のように返事している。

「収益が出版費用に達すれば、七十五ポンドは全額返済してもらい、収益が出版費用を越えるならば、七十五ポンドを返してもらうだけでなくて、費用を越える分の半額をもらいたい」（すなわち、出版費用が百ポンドで収益が二百ポンドであるなら、七十五ポンド＋五十ポンドをもらうことになる)。

つまり、七十五ポンドは出すが、売れれば純益の半分をほしいと要求したのだ。ハーディの財産は、父の遺産を考えなければ当時百二十三ポンドしかなかった、ここから七十五ポンドを出費するのだからかなりの決心を要したが、この決心はのちに報いられることになった。七十五ポンドを、一八七一年一月にティンズリー社に支払った。

ハーディはエマに『窮余の策』の原稿の清書を頼み、エマはそれを引き受けた。きれいな原稿にして出せば出版社の受けもいいだろうという配慮であった。

四　小説家としての出発

処女作出版

一八七一年三月、ハーディの処女作である『窮余の策』が、紆余曲折のあと匿名で出版された。この作品はサスペンスに満ちている。次から次へとはらはらするような場面が展開する。これは、もっと筋のある作品を書くようにというメレディスの忠告にしたがったのである。

話の中心は、建築家のエドワード＝スプリンググローヴと、その友人グレイの妹シシーリア＝グレイの恋愛と結婚である。シシーリアは職を求めて、地方の荘園に住むシシーリア＝オールドクリフという独身貴婦人の小間使いになる。邸宅改築と管理という名目で、オールドクリフは新聞広告で建築家を募集する。その邸宅の近くのリンゴ酒醸造家兼宿屋の息子であるスプリンググローヴは応募するが採用されず、マンストンという男が採用される。マンストンはシシーリア＝グレイに関心を示して結婚しようとする。オールドクリフも二人を結びつけようとする。

スプリンググローヴは邪魔者扱いされる。ところがマンストンには妻がおり、この妻がマンストンに会いにくるのだが、宿泊したスプリンググローヴ家の火事で焼死する。これでマンストンは晴れて

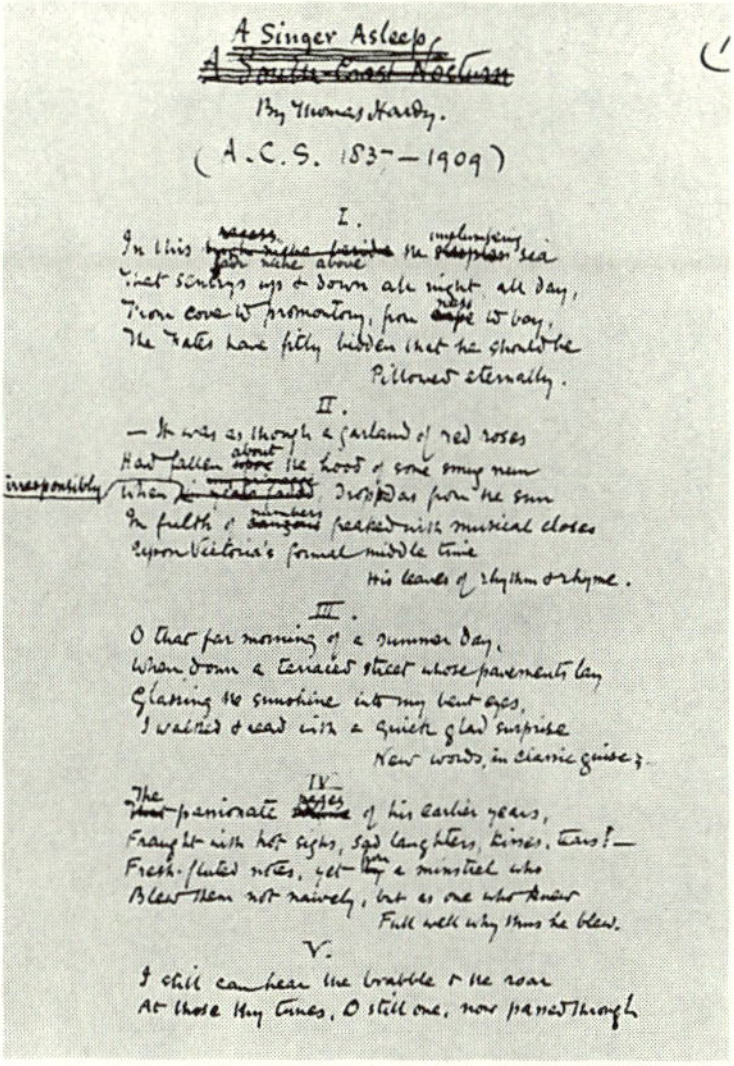
A Singer Asleep

~~A South Coast Nocturne~~

By Thomas Hardy.

(A.C.S. 1837–1909)

I.

In this fair niche above the unslumbering sea
That sentrys up & down all night, all day,
From cove to promontory, from ness to bay,
The Fates have fitly bidden that he should be
Pillowed eternally.

II.

— It was as though a garland of red roses
Had fallen about the hood of some smug nun
When irresponsibly dropped as from the sun
In fulth of numbers freaked with musical closes
Upon Victoria's formal middle time
His leaves of rhythm & rhyme.

III.

O that far morning of a summer day,
When down a terraced street whose pavements lay
Glassing the sunshine into my bent eyes,
I walked & read with a quick glad surprise
New words, in classic guise, —

IV.

The passionate pages of his earlier years,
Fraught with hot sighs, sad laughters, kisses, tears! —
Fresh-fluted notes, yet from a minstrel who
Blew them not naively, but as one who knew
Full well why thus he blew.

V.

I still can hear the brabble & the roar
At those thy tunes, O still one, now passed through

トマス＝ハーディの原稿

シシーリアと結婚できることになる。シシーリアも、スプリンググローヴに婚約者がいるという噂を信じて、しかたなくマンストンとの結婚を承知する。ところが意外なことが判明する。マンストンの妻は焼死せず、火事のあと生存していたという証人が現れた。重婚の嫌疑が出てきて、スプリンググローヴは新婚旅行に出かけたマンストンとシシーリアの後を追う。二人がちょうど寝室に入ったときにスプリンググローヴが到着し、マンストンに妻の生死が確認されるまでは待ってもらうことになる。結局、マンストンの妻は焼死したのではなく、マンストンは妻を殺害して隠し、焼死したように見せかけたのである。マンストンは刑務所のなかで自殺する。

この結果、シシーリアはスプリンググローヴと結婚できた。なぜマンストンはそれほどシシーリアに執着したのか。実は、彼はオールドクリフの婚外子であった。彼女が若いときに従兄と恋愛した結果である。オールドクリフはまた、若いときにシシーリアの父アムブローズ＝グレイを愛したが、この過去の過ちのために身を引いたのである。しかし、恋人の面影を忘れることができず、胸にいつもかけているロケットのなかには、シシーリアの父の写真がしまってあった。他方、アムブローズのほうもオールドクリフをあきらめ切れず、生まれた娘にシシーリアという名前をつけたのである。

次々に意外な事件と事実が現れ、最後に種明かしがされるという仕組みになっている。ストーリーの展開のほうに重心があり、各人物の性格の造型が十分ではない憾みがある。しかし、この作品には、後年に発展させられるハーディの小説のテーマがすでに存在していることも事実である。それは、マンストンやオールドクリフの激しい情欲である。激情のおもむくままに、彼らは社会の掟を破ることもあえてする。すなわち、結婚という社会の掟をはみ出した男女関係が描かれる。この種の男女関係は、ハーディの作品で繰り返し表現されることになる。その点で、この作品はハーディの特色の一面を表している。

『窮余の策』の反応

四月一日、まず『アシニーアム』に書評が掲載された。一週間の間に発刊された新刊小説のひとつとして取りあげられた。「力強い作品」という評であった。きめの荒さがあるが、その欠点さえなければ当時の既成の作家に遜色がないと述べている。ただし、犯罪を扱っているので不快な作品であるとしている。四月十三日の『モーニング-ポスト』は、「すぐれた成功」と評した。『サタデー-レヴュー』の書評は、おおむね好意的であった。

しかし、有力誌である『スペクテーター』の批評は厳しかった。ハーディは死にたいと思ったくらいであった。オールドクリフが正式な結婚によることなく子供を生んだということを非難した。オールドクリフが小間使いと同じベッドに寝る場面をレズビアンとして批判した。当時の道徳的雰囲気を考えれば当然な批評だったが、しかし、評価されている面もあった。田園の風物の描写、サイダー酒づくり、教会の鐘を打つ場面などは称賛されている。ここから、ハーディは自分の特質に気がつくようになる。

ハーディはこの本の印税収入を考えていたので落胆した。これでは、正式にエマに結婚を申し込むために必要な収入は得られそうもなかった。モウルは、オールドクリフの性格研究もよいとして、『スペクテーター』の批評など無視するようにと励ましてくれた。『窮余の策』は、その当時、広い読者をもつ貸本屋のミューディに買い上げられた。

田園小説に取り組む

建築と文筆の両方をやっていこうとこの時点では考えていた。エマはこの作品について好意的な意見であった。一八七一年五月、三度目のセント・ジュリオット訪問をした。このときから教会修復の工事がはじまった（翌年四月に修復は完成）。そこからの帰途、ハーディは、エクセター駅で見た安売りのカタログに自分の作品を見てがっかりした。三巻で二シリング六ペンスだった。文筆で身を立てることをあきらめて、建築家になることを真剣に考えざるをえなかった。

ハーディは、『窮余の策』には自分の持ち味が出ていないのではないかと感じていた。メレディスの意見をあまりにも取り入れすぎて、メロドラマ風にまとめすぎていると考えたのである。これまでの書評では田園の生活の描写について好意的だったので、これが自分しか書けない分野であることを自覚した。

エマはハーディからの手紙の返事のなかで文筆を続けるようにと励ました。そして文筆がハーディの天職であると言った。ここでエマが結婚のための収入のことばかりを言ったら、作家ハーディは生まれなかったかもしれない。

ハーディは次作で、自分の父や祖父が属していた村の教会の合唱隊を中心に物語をまとめようとした。サイダーづくりの代わりにミツバチの飼育の話を入れた。小学校に就職したトライフィーナのことを考えて、若い新任の女性教師も登場させた。

『緑の木陰で』の出版――村の牧歌的生活の活写

一八七二年六月、『緑の木陰で、あるいは、メルストック聖歌隊』が『窮余の策』と同じく、ティンズレー社から出版された。この作品も匿名だったが反響はよく、『アシニーアム』、『ペルメル』の書評は絶賛に近いものだった。

この作品でハーディは自分の故郷の村を舞台として、村人の生活や風俗を、「オランダ風の田園風景画」としてリアルに、また愛着を込めて描いたのである。

題名の『緑の木陰で』は、シェイクスピアの劇『お気に召すまま』から取られている。宮廷生活の人間関係のいやらしさのない森のなかの平和な生活を指している。これまでの自分の作品についての批評から、ハーディは自分の持ち味は田園の生活の描写であることに気づき、それを前面に押し出すことになった。

この作品には、「メルストック聖歌隊」という副題がついている。メルストックというのは、ハーディの故郷の三つの小村、つまり、小学校と郵便局のあるローア‐ボックハンプトン、教会と牧師館があるスティンズフォード、ハイアー‐ボックハンプトンを合わせた地域の名前である。女主人公のファンシーには、やはり新任の教師になったいとこのトライフィーナの面影が反映している。

スティンズフォード教会

主人公ディック＝デューイは、運送屋の息子で父の商売を手伝っている。また、メルストック教会の聖歌隊に属している。これは、ハーディとその父が、スティンズフォード教会の合唱隊に入っていたことと対応する。クリスマス‐イヴに聖歌隊は、クリスマスの祝歌をうたって村中をまわる。そのとき、たまたまディックは、美貌で都会風の新任の小学校の女教師、ファンシー＝デイを見て引きつけられる。クリスマスの日には、ファンシーが教会に現れるのを待っている。ところが、ほかにもファンシーに引かれる男がいる。新任の牧師のメイボールドと金持ちの農場主のシャイナーである。クリスマスのパーティで落としたハンカチをディックがたまたま拾い、それをファンシーに届けて彼女と親しくなるが、ファンシーの父はシャイナーを婿にしたがる。ファンシーがハンストをして、ようやくディックとの結婚を父に認めさせる。ディックは運送屋という下の階級であるが、牧師や農場主という上の階級の求婚者に勝ち、愛情が階級に負けないという楽天的な結末になっているが、同時に階級差が愛情を阻害するという、ハーディ終生のテーマもうかがうことができる。

また、ファンシーがディックと婚約していながら、牧師のプロポーズを受け入れてしまうという若い女性の虚栄心の描写は、ハーディの鋭い女性観察を示しておもしろい。

『窮余の策』は保証金として七十五ポンドを前金で払い、六十ポンドを戻してもらったので負担は十五ポンドですんだ。『緑の木陰で』は前金を要求されず、印税として三十ポンドをもらった。

レズリー＝スティーヴンに見いだされる

一八七二年の十一月、『コーンヒル＝マガジン』誌の編集者レズリー＝スティーヴン（一八三二―一九〇四）は、『緑の木陰で』を読んで、その村の牧歌的な生活の描写に強い印象を受けた。ホレス＝モウルから作者はハーディであることを聞いて、寄稿を頼んだ。スティーヴンはイギリス十九世紀後半の代表的な文学者・哲学者であり、「イギリス文豪」というシリーズの編集主幹であり、また、『イギリス国民伝記事典』を発刊させるなど、注目すべき仕事をした。一八七二年のこの時点では、『コーンヒル‐マガジン』誌の編集をしていた。この雑誌は、一八六二年に小説家サッカレーのもとで創刊されたものである。

この雑誌は優れた小説の連載と、エッセイでその存在を知られていた。スティーヴンはこのとき編集者になって一年であったが、よい小説を連載しようと新しい作家を探しているうちに、『緑の木陰で』に注目したのである。

十二月の初め、スティーヴンからの手紙を受け取ったハーディが興奮したのは当然である。よいものが書ければ文壇に登場することができるからである。さらに重要なことは、エマと結婚するために必要な収入を得ることができるからである。安定した収入がなければ、結婚の承諾をしてもらえない。今度は、作家として安定した生活をする機会がめぐってきた。しかし、よい作品が書けなければ、むざむざ機会を逃すことになる。

この大事な機会に何を書いたらよいのか。ちょうど故郷に戻ったハーディの目には、故郷の姿が生き生きと映った。村で母やトライフィーナから聞いた話が小説の材料としてふさわしいことに気づいた。羊飼い、女性農場主、軍人が登場人物として浮かんできた。この着想は実を結び、ハーディの作家としての地位を決定づける傑作が生まれることになった。

ハーディは、『狂乱の群れを離れて』というタイトルをつけた。この作品は、『コーンヒル－マガジン』誌の一八七四年一月号から十二月号に連載された。

階級の壁を越えられない女性――『青い瞳』の出版　一八七三年五月、『ティンズレー－マガジン』誌に連載していた第三作目の小説、『青い瞳』を単行本として出版した。前の二作の『窮余の策』と『緑の木陰で』は匿名で出版したが、今度ははじめてハーディの名前を載せた。『青い瞳』には、日の目を見なかった作品『貧乏人と貴婦人』の一部を取り入れた。『貧乏人と貴婦人』を執筆した時点では、まだエマと知り合っていなかったのだが、エマの出現を予想させるような作品だった。テーマは主人公の男性が階級の上の女性を愛するという、階級を越えた恋愛というテーマである。

また、女主人公エルフライドにはエマの面影があり、エマとの恋愛と交際、セント－ジュリオットの村への旅が作品中に生かされている。エルフライドの言葉のある部分は、エマが実際にしゃべった言葉である。女主人公が作家志望で作品を発表するところもエマと似ている。

建築家の青年スティーヴン＝スミスは、コーンウォルの教会修復のためにエンデルストウ（セント－ジュリオットの村がモデル）を訪れて、女主人公のエルフライドを知る。しかし、彼女の父の牧師は、階級が釣り合わないという理由でこの交際を好まない。エルフライドの祖母は土地の名家ラクセリアン家の出である。それに対して、スミスの父は石工頭である。父は牧師であり、格式が違うというのである。エルフライドは、スミスといっしょにロンドンに駆け落ちする。しかし、階級の壁を越えた結婚をする決心がつかず、ロンドンに着くやいなや、帰りの列車に乗ってしまう。

次にエルフライドは、スミスの友人で、自分の著書『アーサー王宮廷物語』を書評してくれた批評家のヘンリー＝ナイトを愛するが、ナイトは彼女とスミスとの過去を疑い、受け入れない。結局エルフライドは、二人の子持ちのラクセリアン卿の後妻に入る。格式としてはふさわしいのだが幸福にはなれず、彼女はまもなく死んでしまう。

ハーディは、自分がエマよりも社会的階級が低いことに悩んでいた。また、遠くにいる恋人にライヴァルが現れないかという不安な気持ちがあり、それらを表現した作品である。したがってこの作品は、小説の形を借りたエマに寄せる一種の恋文である。

ホレス＝モウルの死

一八七三年九月二十一日、ホレス＝モウルが自殺によって急死した。彼は三年間はほとんど失業状態だった。書評はしていたが、これだけでは生活費用には足らなかった。四十歳であった。その二か月前の六月十五日、ハーディはロンドンでモウルと食事をした。二十日にはケンブリッジ大学にモウルを訪ねた。夕食のために外出し、美しい「バックス」とよばれる芝生の上の落日を見た。クイーンズ学寮に一泊した翌朝、屋上からイーリー大寺院が朝日に輝くのを見た。ハーディはこの日を忘れられぬ日と記している。

　モウルは、オックスフォード、ケンブリッジ両大学で学んだが、文学的な才能にも恵まれており、ハーディの尊敬する先輩であった。ハーディを文学と学問の世界に導いた先導者であった。ハーディは、モウルから得たものを、夭折した先輩に代わって開花させていくことになる。また同時に、学問・教養のある人間が精神的・肉体的に破滅する姿を見て、人間の内部に潜む暗黒の世界の存在に気づいたであろう。

エマと結婚

『コーンヒル－マガジン』誌の一八七四年一月号から十二月号に、『狂乱の群れを離れて』が連載された。その原稿料として、ハーディは四百ポンド受け取った。つい三年ほど前、出版の保証金として七十五ポンドを自分で出さなければならなかったことを考えると、夢のような話である。

　一八七四年九月十七日、ロンドンのパディントンのセント－ピーターズ教会で、ハーディはエマと結婚した。知り合ってからずっとハーディは執筆して、結婚資金を稼いでいた。この教会はできてからまだ四年にもならないという、歴史もなければ建築としてすぐれたところもない教会で、世間に認められた新進の小説家の結婚の場所としては物足りなかった。ハーディの故郷のスティンズフォード教会や、エマの故郷のセント－ジュリオット教会を選ばなかったのは、ハーディ家とギフォード家の間に不信と反目があったからである。これは、主に階級の違いによるものである。エマの父親は、結婚相手の男性は自分の娘よりも階級が下であると考えており、一貫してこの結婚に反対していた。また、ハーディの母は、エマを息子の嫁としては不適当と考えていたのである。

ハーディ家の人はだれも出席しなかった。出席したのは、司会をしたエマの義兄エドウイン＝ハミルトン＝ギフォード牧師と、絶対必要な証人として、新郎側では、ハーディの下宿の女主人の娘セアラ＝ウイリアムズ、新婦側では、エマの一番下の弟ウォルター＝ギフォードであった。ギフォード牧師は、のちにロンドン大執事という高い地位につき、エマがこれをハーディに自慢することになる。

なぜハーディはこのような簡素な結婚式をあげたのであろうか。エマの父親の反対はあったとしてもそれは表面的なものであって、真の理由はほかにあったのだろう。それは結婚式をあまり重要なものと見ないという考えである。結婚式をたんなる形式と考えたのである。ハーディは口を閉ざしてその真実の理由を語らないが、宗教儀式に対する懐疑的な見方のためであろう。

その晩、近くのホテルで一泊したあと、保養地ブライトンに向かった。そこで結婚したことを告げる手紙を家族に書いたのだが、母にではなくて弟のヘンリー宛てであった。それも今新婚旅行をしているということは書かないで、これから取材のためパリへ行くと書いてあった。実際ハーディは、フランスへの新婚旅行中も小説の材料を集めていた。エマも新婚旅行の日記をつけていた。

イギリスに戻ってから、ロンドンの郊外のサービトンに新居を構えた。ドーセットに行かないでここに住んだことには意味がある。ハーディは、一方では田舎から離れて生きることはできないと思いながらも、田舎に引きこもりたくなかった。ロンドンの社交界が必要であった。これからのち、ハーディは田舎とロンドンの社交界という二つの世界のあいだを行き来することになる。

『狂乱の群れを離れて』

小説界に新星出現

『狂乱の群れを離れて』は、一八七四年十一月に単行本として刊行された。ハーディの六大小説の最初である。題名の『狂乱の群れを離れて』は、十八世紀イギリスの詩人トマス＝グレイの詩「田舎の墓地にてよめる哀歌」から取られている。「狂乱の群れ」とは、金や名誉や権力を求めて狂奔する人たちのことであり、そこから離れるとは、田舎の村でそんな生活から無縁に、一生、無欲な生涯を送ることを意味している。

この作品は評判がよく、最初の小説を酷評した『スペクテーター』は、「もし『狂乱の群れを離れて』の作者がジョージ＝エリオットでないとすれば、小説界に新星が現れたことになる」と評した。ジョージ＝エリオットは当時の一流の作家であり、彼女が匿名で出版したのではないかと思われたのである。また絶賛に値する作品であった。この作品の売れ行きはよく、初版はほぼ売り切れた。

ハーディは、かつて匿名で出した『緑の木陰で』を、自分の名前で、そしてよい出版社から出そうとした。最初の出版社ティンズレーは、出版権に三百ポンドの値段をつけた。ティンズレーが出版権を買うときに出した値段の十倍である。

『狂乱の群れを離れて』に、はじめて「ウェセックス」という地名が現れるが、これは、ハーディが、故郷を中心としたイングランド西南部一帯の地域につけた、小説上の地名である。この後、この地名がよく使用されたので、ハーディの小説は「ウェセックス＝ノヴェルズ」と呼ばれる。

奔放な女性

この小説のヒロインで、作品の最大の魅力になっているのは、バスシーバ＝エヴァディーンという若い女性である。彼女は男まさりの女性農場主である。未婚の若い女性が、女手ひとつで農園を経営していることは注目すべきことである。この女性農場主は、実在の人物をモデルにしている。トライフィーナが教えていた小学校の近くにキャサリン＝ホーキンズ夫人という農場主である夫と死別した女性がいた。彼女は、農場を他人に売り渡したほうがよいという周囲の忠告にもかかわらず、七歳の息子が成人するまでは女手ひとつで経営しようとした。このようなモデルがいたこともあって、バスシーバはハーディの作品中でもとくに印象的な女性として描かれている。

バスシーバは奔放な女性である。活力にあふれたバスシーバにとって、地味な求婚者の農夫ゲイブリル＝オークは物足りなかった。彼女は求婚したオークに向かってこう言う。「うまくいかないと思うわ、オークさん。私みたいな奔放な女には、調教してくれるような人がほしいの。あなたにはそれがおできにならないでしょう」

しかし、オークにとってバスシーバはすばらしく魅力的で、そのような言葉で引き下がるわけにはいかなかった。状況が変わることを期待して、彼は辛抱強く待つのである。

恋に狂う中年男

この魅力ある女性をねらう男性がほかにもいる。ひとりは、中年の独身の農場主のボールドウッドである。発端は、バスシーバが冗談で彼に、「結婚してちょうだい」と書いたヴァレンタインのカードを送ったことによる。送り手がだれであるかを知ったとき、中年の抑圧されていた激情に火がつけられた。農場主としての仕事を忘れるほど、狂ったように彼女を求める。ところが彼女の心を射とめたのは、恋の手練手管にたけたプレイボーイ、トロイ軍曹であった。彼は女性の心をとらえるのは甘言であることを知っていて、バスシーバに「美しい」という言葉を繰り返し、その心をとらえる。そして行動がはやく彼女にキスしてしまう。自立した女性であると思っていたバスシーバは、気がついて見るとトロイと結婚していたのである。農夫のマッシュー＝ムーンの言葉によれば、「多少ワルな男のほうが娘っ子にはいいらしい」ということになる。トロイは、バスシーバに金を出してもらって除隊したのだが、結婚するとすぐにバスシーバにあきて、農場の仕事を怠るようになった。

これより以前、トロイにはバスシーバのところで働いていたファニーという恋人がいた。結婚する予定であったが、ファニーが結婚する教会を間違えて来なかったために、トロイは怒って結婚しなかった。ファニーはトロイの子を宿しており、救貧院で死産したあと自分も死んでしまう。

そのうち、トロイは海水浴中に行方不明になって溺死したものと考えられたので、ボールドウッドは、また彼女に求婚する。六年後に結婚するという約束をバスシーバから取りつけたのだが、いよいよ結婚ができるときになって、死んだと思われていたトロイが突然現れた。失望と怒りに狂ったボールドウッドはトロイをその場で射殺する。表面的には律義な中年男だが、うちには抑えられた激情が渦巻いていた。最後に辛抱強く待っていた誠実なオークが、バスシーバと結婚する。

男まさりながら、虚栄心を抑えられずにプレイボーイの手に落ちていくバスシーバ、恋に狂った中年男ボールドウッド、悪魔的なプレイボーイのトロイなどの人物を見事に描き、さらに農場の四季の行事をたくみに織りこんだ傑作である。

レズリー＝スティーヴンは、『狂乱の群れを離れて』の成功に気をよくして、『コーンヒル＝マガジン』誌に新しい小説の連載を依頼してきた。この小説が『エセルバータの手』である。雑誌連載料や単行本の印税、また、アメリカにおける出版などの原稿料を含めて、この作品は、ハーディに千二百五十ポンドの収入を約束した。

編集者レズリー=スティーヴンの庇護

『狂乱の群れを離れて』の成功の裏に、文学作品に対する一流の鑑識眼をもったスティーヴンの存在があった。批評家として適切な意見や忠告を述べている。スティーヴンは当時一流の文学者であるとともに、思想家でもあり、ハーディは、彼と話し合うことによって、当時の知識人の思想にふれることができ、刺激を受けた。ハーディ自身、「哲学上で、同時代人のだれよりも長い間、影響を受けた」と語っている。

一八七三年十二月、ハーディはロンドンのサウスケンジントンのスティーヴン邸を初めて訪問した。翌日、ハーディは昼食に招待されて、スティーヴン夫人とその妹のアンに会って話をした。夫人と妹は、十九世紀を代表する文豪サッカレーの娘たちであり、ハーディは、自分が文壇の中心の近くにいることを感じた。

スティーヴンの後妻の娘が、二十世紀の有名な小説家のヴァージニア=ウルフである。のちにハーディはウルフに、彼女の父親から受けた影響について、「私にとって特別な魅力があった。寄稿した文章に対する厳しい批判や、長い沈黙を喜んで堪えた。一緒にいられることができるだけで幸せであった」と語っている。

スティーヴンはすぐれた編集者だったが、それなりの悩みがあった。それは、雑誌の編集者として、雑誌の売れ行きを考えなければならないことだった。読者の反発を受けては雑誌が売れなくなってしまうのである。作者は自分の好きなように書けばよいのだが、編集者はそれを抑えなければならない。スティーヴンは、トロイがファニーを誘惑するところは慎重を要すると述べている。ファニーの妊娠も問題になる。道徳的な当時の風潮で、性を露骨に書くことは読者の反発を招く。おかしくても読者に屈しなければならないのだ、とハーディに言いわけをしている。

ナポレオン戦争への関心

一八七五年、ワーテルローの戦勝六十周年記念日に、ハーディは妻とチェルシー廃兵院をたずねた。ハーディは、子供のころからナポレオン戦争にとりつかれていた。ワーテルローの戦いでイギリス軍がナポレオンを破った一八一五年には、ハーディはまだ生まれてはいなかったが、子供のころに実際に従軍した人たちの話しを聞くことができた。ドーセット州は、ナポレオン軍がイギリスに進攻するときの上陸地点と考えられた。したがって、戦争はその土地の人々にとっては他人事ではなかった。また、自分と同じ名前のハーディ提督は、彼の関心を引いていた。

廃兵院では、ジョン＝ベントリーという兵士と親しくなった。彼は、ハーディにワーテルローの激戦の模様を語った。この訪問を機に、のちに書くことになるナポレオン戦争を主題とする詩劇『覇王』への言及が始まっている。「百日天下」「モスコー」を入れて、「ヨーロッパのイリアッド」を書くというねらいである。

一八七六年の五月から六月にかけて約二十日間、ハーディ夫妻は、新婚のときの大陸旅行に次いで、二度目のヨーロッパ大陸旅行に旅立った。オランダ、ベルギー、ドイツを回ったが、今度の旅行の目当ては、ワーテルローの戦いの古戦場を見ることと、その戦いの直前に、リッチモンド公爵と夫人が主催した舞踏会の場所をブラッセルで探すことであった。

『エセルバータの手』

階級の壁を乗り越える女性

一八七六年一月に、小説『エセルバータの手』を単行本として出版した。これは一八七五年七月から、翌七六年五月号までスティーヴンの編集する『コーンヒル＝マガジン』誌に連載したものである。これまでも扱ったことのある階級の壁をテーマにした作品である。今度は身分の低いほうは男性ではなくて、女性である。階級の下の女性が、自分の美貌と才覚で上の階級にのし上がっていくという話である。

ヒロインのエセルバータ＝ペサウィンは、ドンカースル家の執事（召使頭）チカレルと小間使いの娘であり、下の階級である。ところが彼女は聡明だったので、学問を身につけてペサウィン家の娘の家庭教師をしているうちに、その兄に見染められて親の許さない結婚をする。夫とその父親はまもなく死亡するが、義母ペサウィン夫人のおかげで社交界に出ることができた。彼女は匿名で詩集を出し、それが評判になるほどの詩的才能もある。他方、彼女は自分の父が執事であることは隠している。下の階級の出身であることがわかると差別を受けるからである。詩集を出版したことがわかって義母の怒りを買い、遺産をもらえずに経済的に苦しむが、それに負けることなく何とかしてペサウィン未亡人としての社会的体面を保つ。

このあと、求婚者が現れる。そのうちのひとりは、かつて恋心を抱いたことがある貧しい音楽家のクリストファ゠ジュリアン、それにアルフレッド゠ネイ、もうひとりは、貴族の荘園領主のマウントクリア卿である。エセルバータは、愛情からいえばジュリアンと結婚すべきなのだが、それによって社会的地位を失うことを好まない。社会的地位を保つためにマウントクリア卿と結婚する。ところが話はそれほどうまくいかず、マウントクリア卿には愛人がいることがわかった。怒ってエセルバータは逃げ出そうとするが果たせない。しかし、マウントクリア卿はエセルバータを愛しており、愛人との関係を断つという。領主夫人におさまったエセルバータは、夫を管理して尻にしくことになった。

執事の娘のしたたかな生き方が現れている作品である。彼女は「正直は最良の方策なり」は男性のためにつくられたことわざだときっぱりと否定し、階級の壁などなんのそのと自分の才覚に頼り、縦横に策謀をめぐらして上の階級にのし上がるたくましい女性である。『窮余の策』と同じようにサスペンスがあり、一体だれがヒロインと結婚するのかという興味で読者をひっぱっていく。性格描写よりも筋のおもしろさが勝った作品である。

ハーディはこの作品によって、単行本出版、アメリカでの連載料も含めて千二百五十ポンドを得た。作家として安定した収入が得られることになった。

ハーディの貧しい親戚

『エセルバータの手』で、ハーディは自分の親戚縁者をモデルにした。

エセルバータの父のチカレルは執事であるが、ハーディがかつて結婚したいと思ったマーサ＝スパークスの夫のウイリアム＝ダフィールドも執事であった。エセルバータの弟のソル＝チカレルは、マーサ＝スパークスの弟のジェームズと同じように大工である。エセルバータは自分の父が執事であることを隠している。父も事実を公表することによって娘の将来に悪い影響がないように配慮している。自分の身分を隠して暮らすこの登場人物のように、ハーディ自身も、晩年になって実質的には自分が書いた『ハーディ伝』のなかで、階級の低い親戚縁者に触れていない。ハーディだけがそうであったというよりは、社会全体に階級差別が厳存しており、ハーディもその意識を乗り越えることができなかったということである。しかし、こういう作品を書くことによって、ハーディは階級による差別が無意味であると訴えている。

ハーディは大作家になることによって自分の父が属していた労働者階級から上の階級に上がったわけだが、その根本には自分の出身の階級に対する愛情があり、その立場を忘れることはなかった。

作品のなかで、エセルバータの弟のソルは姉に貴族と結婚してほしくないと言う。これは、下の階級のプライドを反映している。

題名の『エセルバータの手』は、男性がエセルバータに求婚するというのが表面の意味であるが、「手」の原語の「ハンド」は、ハーディの母の姓である。母の実家は、当時においても屈辱的な生活保護を受けていた。「ハンド」という言葉には、母の一家を見直したいという、ハーディの思いがこめられている。

この作品は、一般的には評判がよくなかったが、ハーディ自身にとっては重要な意味をもっているのである。ハーディ自身もエセルバータと同じように、自分が本来属していた階級を離れて上の階級で生きることになるので、ヒロインの言動は作者と重なるところが多い。

エマはこの作品を評して、「召使いについて書きすぎている」と語っている。そしてハーディが渡した署名本を生涯開かなかったという。自分より下の階級の人間が活躍するのが気にいらなかったのであろう。

一番幸福な時期――スターミンスター・ニュートンの生活　ヨーロッパ大陸旅行から帰国してまもない一八七六年七月には、ドーセット州、スターミンスター・ニュートンに転居した。ここでの二年間の生活を生涯で一番幸福な時代とのちになって回想している。

ハーディ夫妻が住んでいたスターミンスター - ニュートンの家(向かって左側)

ロンドンを別にすれば、ハーディは故郷の周辺を転居している。ここは同じドーセット州ではあるが故郷とは離れている。ハーディは、生家の近くに住んでパドルタウン村の貧乏な親戚をエマに知られたくなかったのだ。家は高台にあり、その下をスタウアー川が流れており、見晴らしのよい場所であった。

この静かな環境で、ハーディは読書に熱中した。大学に進まなかったかわりに、自分で勉強したのである。その後、この読書から得たものは作品に生かされることになる。ただし、読書にふけった結果として、エマをひとりぼっちにすることが多くなったために、妻には不満が残った。

ハーディは自分の創造した女性たちに対しては思いやりがあるが、ほかの女性にはそうではないと、エマは友人に語っている。

ハーディは、近くのマーナル村を散歩して歩いた。これはのちに「マーロット」村として、『ダーバヴィル家のテス』の舞台になる。

ここで一つの事件が起こった。女中をしていた若い女が、夜になると部屋に男を引き入れ、見つかると家を出てしまった。そのあとで女は子供を生むが、その子はまもなく死んでしまう。これは、

スターミンスター
-ニュートンの家
からスタウアー川
をのぞむ

代表的小説の『ダーバヴィル家のテス』に使われることになるが、この事件から、ハーディは性の力の強さを感じた。皮肉なことに、ハーディ夫妻には子供が恵まれなかった。子供に恵まれないということが、逆に性を意識することになったのであろう。

一八七八年三月、ハーディ夫妻はスターミンスターを去り、ロンドン郊外のトゥティング、トリニテーロード一七二番地に転居した。エマが、ロンドンの社交界に入ることを希望したからである。夏には、近くに出版社を経営しているマクミラン家が住んでおり、知遇を得た。ハーディの作品が、この後マクミラン社から出版されることになる。ハーディは、当時の有名な文学者のクラブである「サヴィル-クラブ」の会員に推薦されて入会した。

地方の都市で質素な生活をしていたハーディではあったが、ロンドンの社交界の魅力だけは捨てることができなかった。

ドーセット州のボヴィントンヒース

『帰郷』

故郷の荒野を舞台とする

一八七八年に『帰郷』を出版した。六大小説のうちの二番目である。前年のクリスマスに故郷に帰ったとき、ハーディは故郷のヒースを小説に描こうと決意した。ヒースは、低い灌木と雑草が茂る荒野のことである。農耕地には適さない土壌である。現在はだんだんとその範囲が狭められてきているが、ハーディの時代においては、ハーディの生家あたりから東のプール湾まで、二十キロにわたって広がっていた。

『帰郷』の冒頭には、この作品の背景をなすエグドンヒースとよばれる荒野が現れる。「ヒース」という名前がついている土地は多いのであるが、それをひとまとめにしてハーディがエグドンヒースとよんだのである。実際には、それほど特徴のある荒野ではないが、ハーディの筆は、それを美しいものに変えてしまう。夕方、荒野の上に闇が迫ってくる様子を、「荒野が闇を吐き出すのに呼応して天空がそれを凝集していく」というように詩的に表現している。この荒野を舞台として、人間を登場させたのが『帰郷』である。舞台というよりも荒野のもつ自然の力が中心で、人間は、その表面をうごめくちっぽけな存在にすぎない。

これはハーディの六編の代表的長編小説のなかで、『狂乱の群れを離れて』に次ぐ二番目の小説である。これまでの田園小説とは違った、深刻なテーマを扱っている。この小説では、我の強い女性と、それによって翻弄される男が描かれている。また、嫁と姑の争いも描かれている。ハーディの母とエマとの確執や、社交界に憧れるエマの一面を表現している。

異教の女神の出現

この作品でハーディは、ユニークな女性としてユーステイシャ＝ヴァイという若い女性を登場させている。彼女の母は土地の出身だが、父は、ギリシャ西岸イオニア諸島のコルフ島の生まれである。道徳的なキリスト教文化ではなくて、官能的なギリシャ文化につながっており、彼女は土地の者とは違った気質をもっている。「典型的な女神となるだけの情熱と衝動――つまり、模範的な女性にはどうしてもなれそうもない情熱と衝動」があり、「夜の女王」ともよばれている。父母と死別し、祖父とヒースの一隅に住んでいるのだが、土地の人にもなじめない。イギリスの田舎は、彼女にはあまりにも小さすぎるのである。

彼女は、激しい恋愛にあこがれている。しかし、そのような愛にふさわしい男性が現れないため、宿屋の息子のワイルディーヴという男で満足しなければならなかった。本当に愛しているわけではない。しかし、彼がトマシン＝ヨーブライトと結婚しようとすると邪魔をする。

そのころ、この土地に生まれ、パリの宝石商に勤めていたクリム＝ヨーブライトが帰国する。彼は、生まれ故郷で子供たちを教えて暮らしたいと思っている。そんなクリムの本心は知らないので、ユーステイシャは、彼と結婚すれば一緒に花の都パリに行くことができると思った。

ユーステイシャはクリムに近づき、クリスマスの劇の少年に仮装してクリム家に入って首尾よくクリムと知り合い、クリムの母親の反対を押し切って結婚してしまう。しかし、彼は期待したようにパリに住むことはなかった。悪いことには、教師になる勉強のために目を悪くした。教師になることができず、目を使う必要のない芝刈りをして生活費を稼がざるをえなかった。他の農民と同じように肉体労働をする夫にユーステイシャはまったく愛想をつかしてしまい、また、ワイルディーヴとのよりを戻す。さらに、彼女がクリムの母を冷たくあしらったことからクリムと喧嘩になり、家を出て祖父の家に帰り、傷心のあまりピストルで自殺することも考える。ワイルディーヴと外国に駆け落ちしようとして家を出るが金がないのに気がつき、途中で堰に身投げして死ぬ。助けようとして飛び込んだワイルディーヴも溺死する。クリムも飛び込んだが救助される。

この話は、社会の道徳を破った二人が死んであたかも勧善懲悪のように見えるが、単なる道徳的な見地から書かれているわけではない。あくまでも中心はユーステイシャであって、善良なトマシンではない。ユーステイシャに悪女というレッテルを張ることは可能だろうが、それで問題が解決するわけではない。彼女のパリへ行きたいという望みは、たんに虚栄心と片づけることはできないだろう。彼女の能力を生かすことができなかったことから生じた悲劇なのである。駆け落ちの途中で金がないことに気がついたときワイルディーヴからもらうこともできただろうが、それは彼女の自尊心が許さなかった。彼女は、男にただ頼るというタイプの女性ではない。自立したいのである。「女性は多くのことができる」と述べているとおり、自立するだけの能力はもっているのだが、機会が与えられなかったのである。

母と妻の確執

『帰郷』のなかで、主人公のクリム＝ヨーブライトをめぐって、母ヨーブライト夫人と妻ユーステイシャが反目する姿が如実に描かれている。ヨーブライト夫人は、嫁と仲直りするため二人の家を訪ねる。ユーステイシャは義母に気づきながらも、ワイルディーヴが来ていたので、義母を家に入れなかった。夫人はむなしく帰るが、途中で疲れ果ててマムシにかまれて死んでしまう。そのため、クリムとユーステイシャの仲がこわれ彼女は家を出た。クリムをめぐって、どうにもならぬ母と嫁の確執、軋轢が描かれている。これは現実を反映している。

ハーディ夫妻の間はしっくりいかなかった。さらに、ここにハーディの母が加わってきたので問題は複雑になった。ハーディの母は大家族主義で、息子や娘を自分のそばに置こうとした。ところが、妻のエマはハーディ一家を身分が下と見るところがあった。だから義母をたてるということはしなかった。ドーセット州に引きこもるよりもロンドンの社交界に憧れていた。しかしハーディは、リューマチになった父親の心配をしなければならなかった。長男としてハーディは、ハーディ一家の面倒を見ないわけにはいかず、エマと意見が食い違うことになった。

『ラッパ隊長』

悲惨な戦争

一八八〇年に『ラッパ隊長』が出版された。これは、イギリスの国難であるナポレオン戦争を背景にしている。ナポレオンがイギリスのドーセット地方に上陸するという噂が流れている一八〇四―五年のころである。

ヒロインはアン＝ガーランドである。彼女に求婚する三人の男性がいる。ジョン＝ラヴデイは竜騎兵のラッパ隊長で、穏やかで自己犠牲の精神をもつ青年である。フェスタス＝デリマンは村の鼻つまみ者だが、叔父から莫大な遺産が入るという噂がある。アンの母は娘が遺産をもらえるフェスタスと結婚することを願っている。アンはジョンにプロポーズされたが、軍人だから住む家もなく、満足した生活ができないだろうと思ってためらう。

ジョンの弟のロバートがマティルダと結婚するために帰ってきた。ジョンは弟の結婚相手のマテイルダを見て驚く。彼女は、ジョンの知っている竜騎兵の何人かとなじみであった。ジョンはマティルダに言いふくめて追い返す。マティルダを失ったロバートは、皮肉にも今度は兄が愛しているのも知らないでアンに接近する。ナポレオン上陸の虚報が広がってアン一家も逃亡するが、その混乱のなかでフェスタスは執拗にアンを追い求める。

フェスタスはライヴァルをなくそうと、水兵強制徴募隊にロバートを捕まえさせようとする（海軍の水兵不足で青年を無理やりに連れて行って水兵にするということが当時おこなわれていた）。こんなことならば海軍に戻りたいと思い、ロバートはハーディ艦長の指揮のもと旗艦ヴィクトリー号に乗り組んでトラファルガル海戦に参加する。ところがアンに対する未練を断ち切ることができず、結婚したいという手紙をよこす。そこでジョンは弟にアンを譲り、ロバートは無事帰還する。

ジョンの属する竜騎兵隊は、いよいよスペイン戦線に赴く。行ったらよい女性を見つけるよと苦しみを冗談でまぎらしてジョンは出征するが、戦死してしまう。アンの知っている七人の出征した軍人のうち、ジョンを含めて五人が戦死してしまった。これが戦争である。

レズリー＝スティーヴンは、この終わり方を評して雑誌の読者には向かないと言った。これは、この作品の本質をつく批評である。なぜならば、雑誌によって代表される一般の読者は、アンが最後に結婚するのはロバートではなくて、善意の兄ジョンであることを期待するからである。くだらない男だが、ただ運がよかっただけのロバートがなぜアンを手に入れるのか。勧善懲悪的な思想からは生まれない結末である。しかし、ハーディのねらいは実はここにあった。戦争をふくめて、この世の動きはこういうものなのである。善悪は世の営みとは関係ない。戦争では、まじめで模範的な青年がまず死ぬという冷厳な真実をハーディは書きたかった。この作品は戦争の本質をするどく描いている。

『微温の人』

新旧の価値のはざまで

一八八〇年の十二月から一年間、アメリカの雑誌『ハーパーズ＝マガジン』に『微温の人』を連載した。『緑の木陰で』がアメリカに紹介されて以来、アメリカにもハーディの読者が増えてきたのだが、この雑誌連載によって、さらにアメリカの読者を獲得することになった。

題名となった「微温の人」というのは、聖書の「ヨハネ黙示録」三章で言及されている「ラオデキア人」のことである。ヨハネが、キリストの教えを広めるために書簡を送った教会の中では、信仰から一番離れている人々である。なぜならば、この教会の人たちは激しく拒否するわけでもなければ、ひどく冷淡なわけでもない。どちらつかずで生ぬるいのである。もし激しく拒否するならば、まだ改宗する希望はある。しかし、信仰するのでもなく、そうかといって信仰を拒むのでもないような態度からは、真実の信仰は生まれない。信仰を拒否するなら、せめて激しく拒否してほしい。聖書では、「微温の人」は否定的な意味で使われているのであるが、ハーディの作品では、かならずしも否定的ではない。新旧の価値観が入り交じって不透明な時代にあっては、むしろこういう態度もひとつの現実的で実際的態度といえる。

主人公のジョージ＝サマセットは建築家である。彼は王立学士院の会員で、中世時代のゴシック建築に関心をもち写生して歩いた。たまたま、キリスト教信仰を固めるための儀式である成人洗礼を受けようとしながら、最後になって洗礼を受けることを拒む女性と知り合う。これがヒロインのポーラ＝パワーである。キリスト教信仰を肯定しながらも、心から受け入れることができない「微温の人」である。ポーラの父親は有名な鉄道技師で、ド＝スタンシー家の邸宅であったスタンシー城を買い取った。父の死後はひとり娘のポーラが城に住んでいた。彼女はサマセットにスタンシー城の修復工事を頼み、ふたりは愛し合うようになる。

ポーラはミス蒸気機関車というニックネームをもらっている。父は、鉄道開通の初期、ヨーロッパの鉄道の四分の一を請け負ったという鉄道技師だからである。しかし、技師の娘でありながら新しい科学技術を信じるわけではなく、中世の城にあこがれている。サマセットが、今は科学技術の時代であり、ポーラの父のような技術者が新しい時代をつくるのだといっても、ポーラは納得しない。古い時代の美や貴族階級にあこがれている。

修復工事の請け負いでは、サマセットの競争相手としてハヴィルという男が現れる。城の持ち主であったド＝スタンシー家のド＝スタンシー大尉は、ポーラと結婚して城を取り戻したいと思い、策略を用いてサマセットの信頼を失わせる。貴族の父が死に、大尉が貴族の称号を継ぐにおよんで、ポーラは大尉との結婚を承知する。しかし、悪辣な策略が暴露され、ポーラはサマセットのもとに戻って結婚する。

スタンシー城は、大尉の内妻の子のデアの放火で焼け落ちる。近代的な建物を建てようとサマセットは提案するが、ポーラは依然として中世風の建築にこだわり、古いスタンシー城にこだわっている。ポーラは、次のように言って自分の立場を弁護する。自分は「いたずらに生ぬるいというわけではなくて、もうすこし先が見えてくるまでそうせざるをえない型の人間」であるとする。キリスト教信仰について言えば懐疑論である。この点ではハーディ自身の気持ちを表現している。

『塔上のふたり』

結婚制度批判　一八八二年の秋、長編小説『塔上のふたり』が出版された。これは、『アトランティック‐マンスリー』のために、前年の十二月から連載されていたものであった。一八八一年六月二十五日、ハーディ夫妻がウインボーンの家に引っ越してきたとき、ちょうどテバッツ彗星が現れ、ハーディ夫妻も見物した。これをきっかけにハーディは、彗星を扱う小説を書こうとした。そのあと、エマとハーディの妹のケイトが馬車で旅する途中、チャーバラ邸の丘の上の塔を見かけた。さらに、その馬車の老御者がかつてのチャーバラ邸の所有者のミス＝ドラックスという女性のことを語ってくれた。その女性は自分よりもずっと若い青年と結婚したのである。ハーディはこのような年齢の差とともに、男女の間の階級の差を加えた。男女間の階級の差というのは、出版されなかった処女作『貧乏人と貴婦人』以来、ハーディが取り上げているテーマである。また、天文台について知るためグリニッジ天文台の見学許可を申請したり、レンズ磨きや望遠鏡や天文学の知識も手紙によって求めている。さらに「広大な宇宙と卑小な人間のドラマ」を書くという意図も加えられた。

主人公は、天文学に凝って彗星を観測しようとしている二十歳の青年、スウィズィン＝セント＝クリーヴであり、ヒロインは二十九歳の美貌の女性、ブラント＝コンスタンタイン卿夫人のヴィヴィエットである。彼女は、ハーディが描く女性のなかでもっとも魅力ある女性のひとりであり、そのモデルは、当時スウィンバーンが発表した作品、『ライオネスのトリストラム』に登場する情熱的ヒロインのイゾルデである。

ヴィヴィエットも情熱的な女性である。夫の所有地にある高い塔を彗星観測の場所として、スウィズィンに提供するとともに、塔の上で二人は恋を語り合うことになる。塔の上では下の俗世間の因習は消えてしまうのだ。しかし、いったん下におりれば、俗世間の因習は情熱に生きる二人に復讐する。

ヴィヴィエットの夫コンスタンタイン卿は、アフリカの奥地で消息を断っている。死亡ということで彼女はスウィズィンと秘かに結婚するが、しかし、二人が結婚した時点でコンスタンタイン卿は死亡していなかったことが後になってわかり、二人の結婚は無効になってしまう。またやり直せばよいのだが、今度はスウィズィンのほうに障害があることをヴィヴィエットは知ってしまう。彼は伯父から天文学の研究のために遺産を贈与されるが、その条件として二十五歳まで結婚してはいけないと決められていたのだ。ヴィヴィエットは彼の将来を考えて、その歳になってから結婚しようと決めて、彼を南アフリカの天体観測所に行かせる。

別れる前の晩、情熱を抑えることができず一年半の交際で初めて肉体関係をもつが、その結果、ヴィヴィエットは妊娠してしまう。すでにスウィズィンは南アフリカに向けて出発している。結婚していないのに子供を生むことで社会的に葬られるのを恐れて、ヴィヴィエットは、求婚していた大主教をあざむいて結婚してしまった。無事、男児が生まれた。まもなく大主教が亡くなった。スウィズィンは二十五歳になり、南アフリカから戻ってヴィヴエットと再会するが、彼女はうれしさのあまり心臓発作で死んでしまう。

世間体を繕うためにはこうするほかに手はなかったのであるが、本来ならば、二人は愛情をつら

ハーディ夫妻が住んだドーセット州ドーチェスターのマックス-ゲイト邸

ぬいて生きるべきだった。もし妊娠したとしても、大主教と結婚すべきではなかった。しかしヴィヴィエットは、それほど強くはなれなかった。結局、結婚という形だけをつくることになった。塔の上の男女の激しい愛というテーマは、魅力があるが最後は腰砕けという印象を拭えない。世間体を繕うために結婚するとき、相手を大主教にしたことにはハーディの体制批判が読みとれる。もちろん、このことによって教会を侮辱するものという批判を受けた。

マックス-ゲイト邸を建てる

結婚以来、ハーディ夫妻は各地を転々していたが、とうとうドーチェスターに落ち着くことになった。

一八八四年、コーンウォル直轄公領の土地を買って家を建てた。井戸を掘るとローマ時代のかめや三体の人骨が出土した。ここはローマ時代の墓地の跡だったのである。エマは不吉だと言ったが、ハーディの態度は違っていた。人骨の出土状況をまとめて、一八八四年ドーセット州の博物学同好会で、「ドーチェスターのマックス゠ゲイトにおける、ローマ時代ブリテンの出土品」という題目で口頭発表している。人骨が納められていた穴などに対するきめの細かい描写には、冷厳な観察をする自然主義作家ハーディの面目躍如たるものがある。

一八八五年六月二十九日、ハーディ夫妻はマックス゠ゲイト邸に移転した。ここにハーディ夫妻は生涯住むことになったのである。

五　故郷を小説の舞台に

『カスターブリッジ町長』

一八八六年、長編小説『カスターブリッジ町長』を出版した。ハーディの六大小説のうちの三番目である。これは性格悲劇であり、性格がいかに人間の運命を決定していくかを描いたものである。

性格は運命である

この作品は、ドーチェスターを舞台とした作品である。題名の「カスターブリッジ」は、ドーチェスターのことである。ハーディは、ドーチェスターに移り住むことになって、その故郷の町を舞台に作品を書こうとした。時代は十九世紀中ごろであり、母の時代であった。

ハーディはこの作品の序文に「一人の男の行動と性格」を描くと書いているとおり、一人の人間に焦点をしぼって書いたものである。それも、これまでの小説の主人公とは違って、「噴火山」にたとえられるような激しい情熱をもつ一方で、それを抑制するのに必要な分別がない男なのである。自分自身の性格に翻弄される男の生涯の物語である。

予想もできないような事件からこの作品ははじまる。一人の男と赤子を抱いた妻が田舎のほこり道を歩いている。妻は夫に話しかけようともしない。妻はあきらめきった表情である。マイクル＝ヘンチャードというその男は、仕事を探して渡り歩いている。折りしも市が開かれており、牛馬などの売買がおこなわれていた。粥を売る店でヘンチャードは粥を食べるが、こっそりとラム酒を入れてもらう。それで酔っぱらって妻を五ギニー（約五ポンド）で売ると言いはじめた。最初は耐えていた妻も、ついに堪忍袋の緒を切って別れる覚悟を決める。妻はずっとこの亭主関白の男に我慢していたのである。船乗りの買い手が現れて、妻は女の子を連れて去って行った。ハーディによれば、当時は妻を売ることが実際にあったという。

酔った勢いとはいえ、妻を売るという非人間的なことをしたことを悔いて、神にかけてそのあと二十一年間は酒を飲まないと誓う。実際に酒を飲まずに働き、罪の償いをしようとする。もともと能力のある男なので財産をつくり、とうとう、選ばれてカスターブリッジの町長になる。

このような激しい性格はうまくいけばよいのだが、まずくなれば収拾がつかなくなる。偶然ヘンチャードはファーフレーというスコットランドから来た商売の手腕のある男を知り、アメリカに行くというのを無理にとめて自分の共同経営者にする。これではじめはうまくいったのだが、ささいなことで仲たがいして、袂をわかつことになる。ファーフレーは独立してヘンチャードと同じ小麦の売買をはじめ、商売がたきとなった。古いタイプの商売人であるヘンチャードと違って、近代的な商売のセンスのあるファーフレーはほどなく成功して、のちに町長にも選ばれる。他方、ヘンチャードは投機に失敗して破産する。無理にファーフレーのアメリカ行きを引きとめたヘンチャードの熱意が裏目に出てしまった。

そのころ、売りとばした妻が娘を連れて現れた。夫のニューソンの船が難破して行方不明になったのだと言う。ヘンチャードは昔の罪を償うべく妻と結婚する。これで安心したのだが、妻の死後になって、妻の連れていたエリザベス＝ジェーンは自分の本当の娘ではなくて、ニューソンとの間の子供であることがわかる。自分の娘はすでに死亡していた。妻の死後、かつて付き合いのあったルセッタという女性と結婚しようとするが、ファーフレーに奪われてしまう。彼は愛情をエリザベス＝ジェーンに注ぐが、そのうちニューソンが現れて彼女を連れて行ってしまった。自分の生活を支えていたすべてのものを失い、ヘンチャードは自分の運命を呪いながら絶望して死んでいく。遺言には自分の葬式はしてくれるな、墓には花束を捧げてくれるなとあった。死の床には、目をかけていた下男が忠実についていたが、それだけがヘンチャードの大きな慰めであった。

ドーチェスターの小説化

カスターブリッジのモデルとなったのは、ドーセット州の州都のドーチェスターということはすでに述べたとおりであるが、ハーディはこの小説のなかで、十九世紀中ごろの故郷の町ドーチェスターの姿を再現し、それを巧みに作品のな

キングズ－アームズホテル
（ドーチェスター）

かに組み込んでいる。ドーチェスターのガイドブックの面も持ちながら、その町を現実以上の町にしている。

ヘンチャードのかつての妻とエリザベス＝ジェーンが、ヘンチャードを見かける町長の宴会は、実際に存在するキングズ-アームズホテルでおこなわれた。ヘンチャードが、かつての妻に人目を避けて会うのは、モーンベリーリングと呼ばれる円形土塁である。

ハーディ自身も「モーンベリーリングズ」というエッセイで説明しているが、それはドーチェスターのひとつの特徴である。最初は新石器時代につくられたものであるが、紀元前五十五年にイギリスに侵攻したローマ軍がドーチェスターを占領すると、ローマのコロセオをまねて闘技場として使用した。時代がさがると絞首台が立てられ、公開の処刑場として使用された。ハーディは、十八世紀のはじめにそこで処刑されたひとりの若い女性のことを述べている。性質もよく文字も読めたが、親に無理やりに結婚させられ、その結果、夫を毒殺したというのだ。一万人の見物人の前で首を締められ、そのあと火あぶりにされた。火をつけられたとき、まだ、死んではいなかっただろうとハーディは書いている。

こういう処刑場で、ヘンチャードがかつての妻と夜ひそかに会うのである。

『森林地の人々』

善意の弱者の死

一八八七年、ハーディの六大小説の四番目『森林地の人々』が出版された。この作品はドーセット州西北部の森林地と果樹園を舞台にしている。ここはハーディの母が子供時代に住んでいた場所である。ここで、母ジマイマをふくめて七人の子供たちが貧乏な母に育てられた。一八六七年には、妹のメアリーが教師としてそこに住んでいた。ハーディはかつてそこを訪ねたことがあった。

作品中のマーティ＝サウスには、無口で辛抱強い妹の面影がある。貧乏で病めるマーティの父には、ハーディの病める父の姿がある。老サウスが死ぬと地所の借地権が切れるが、この事情もハーディ家の事情と同じである。

ヒロインは、材木商メルベリーの娘グレースである。メルベリーは、娘のグレースをその土地のふつうの娘たちとは違って学校教育を受けさせることにした。自分たちよりも上の階級の男性と結婚させるためである。教育を受けて洗練されて帰ってきたグレースには、結婚の約束をしていた若い農夫のジャイルズ＝ウィンターボーンが野暮な田舎者にしか見えずに、結婚したくないと思うようになっていた。父親も同様である。

そこに現れたのが医者のフィッツピアーズである。解剖するために死ぬ前から遺体を買う約束をしているような悪魔じみた男だが、メルベリーとグレースには、階級が上で洗練された人間に見えた。彼に求婚されてグレースは結婚する。

あとになってフィッツピアーズが他の女性とも関係があることがわかった。彼は、もと女優で現在は女地主で未亡人のフェリス=シャーモンドと、かつてドイツで知り合って愛し合うようになっていたが、親に仲を裂かれたということもあって、再会するとまた激しく愛するようになる。夫人は自分の髪を美しく見せるため、美しいマーティの髪を買い取った。そして、フィッツピアーズとシャーモンド夫人は大陸に一緒に逃げる。グレースはもし父親が自分に教育さえ受けさせてくれなければ、平凡な村の青年との結婚に満足したであろうと嘆くのだった。一時はグレースが離婚できそうなので、ウィンターボーンも望みをもったが、結局不可能であることがわかった。

ウィンターボーンは、冷たい仕打ちを受けながらもひたすらグレースを愛し続けるが、シャーモンド夫人が恋愛事件にからんで殺されたため、フィッツピアーズは帰国してグレースのもとに戻ってきた。夫をいやがって家出したグレースを、ウィンターボーンは自分の小屋に入れて寝かせたが、自分は屋外に寝たために雨に濡れ、病気になって死んでしまう。結局、フィッツピアーズとグレースはよりを戻し、フィッツピアーズの子供まで生んだスーキーという娘も、ほかの男と結婚してイギリスを離れてしまった。ウィンターボーンを愛し続けた貧乏な村娘マーティ＝サウスだけが、彼の墓に花を捧げたのである。

献身的で自己犠牲の精神をもつ、階級が下の貧乏な村の青年は死に、献身的な愛を捧げる貧乏な娘は不遇のままである。一方、階級が上で金持ちで強い人たちは生き残る。この世は善意の人たちのものではなくて強者のものである。しかしハーディは、我慢強く底辺に生きる貧乏な人たちに同情し、その生き方に真実を見る。

トライフィーナの死

一八九〇年、いとこのトライフィーナが急死した。四十歳にもならないいとこの死は、ハーディに少なからぬショックを与えた。三月二十四日、デヴォン州エクセターの近くの村、トップサムで亡くなった。

七月になって、ハーディは弟のヘンリーとともにトライフィーナの墓参に行った。娘のネリー＝トライフィーナはこのときのことを記憶している。二人の紳士が家を訪ねてきた。ネリーは二人にハムとチーズとお茶の昼食を出した。ハーディはネリーに、墓参りをして花輪と名刺をおいてきたのだと言った。あとで墓に行ってみると名刺があり、それには、「美しい思い出のために――トマス＝ハーディ」と記されていた。花輪と名刺は風雨によって消えるまで墓に置いてあった。ネリーが『狂乱の群れを離れて』を読んだと言うと、ハーディはにっこりと笑って「そうか」とうなずいた。長い間ネリーを見つめていたが、それ以上のことは何も言わなかった。

　ハーディ自身の言葉によれば、彼女を思う詩「フィーナの思い――彼女の死を聞いて」は、彼女の死の六日前に、列車のなかであたかもテレパシーによるかのように書き始めたという。そのときハーディは、彼女の病気のことを知らなかったのである。

六　小説家としての栄光と苦難

『ダーバヴィル家のテス』

運命にもてあそばれる清純な女性

一八九一年、『ダーバヴィル家のテス』が単行本として刊行された。ハーディの六大小説の五番目の作品で、代表作である。「忠実に表現された清純な女性」という副題がついている。

ヒロインのテス＝ダービフィールドの不幸の発端は、父親が、自分の家は昔はダーバヴィルという騎士だったということを好事家の村の牧師から聞くことである。一〇六六年にノルマン人たちがイギリスを征服したとき、ウイリアム王についてきた家来の騎士がその先祖で、つまり昔は貴族だったと言ったのである。牧師がそんなことをテスの父親に言うべきではなかった。牧師自身もあとで後悔している。このちょっとした牧師の気まぐれが、ひとりの人間の一生を狂わせることになる。ちょとしたことが人間の一生を左右することは、この物語ほど極端ではないまでも、現実生活でも経験されることである。

自分の先祖が騎士であると聞いてテスの父は喜び、お祝いに酒を飲んで酔っぱらい、運送業の仕事ができなくなってしまった。テスは父親の代わりに、馬車で真夜中に町まで品物を運送する。そのとき反対方向から走ってきた郵便馬車と衝突して馬が死んでしまったために、商売ができなくなったのである。

責任を感じたテスは、ダーバヴィルという自分の先祖の姓と同じ金持ちの家に働きに出た。なんとかして金持ちと縁をもちたいという母親の願いからだった。ところがその家の跡取り息子で、プレイボーイのアレクに目をつけられた。テスは拒んでいたが、仲間と踊りに行った帰りに森のなかでアレクに犯され妊娠してしまう。昼間の労働の疲れで不覚にも眠ってしまったのである。

関係ができたことを利用して正式に結婚を迫ることもできると、テスの母親は内心では期待していたのだが、道徳的に潔癖なテスは、そういう生き方をいさぎよしとしなかった。ダーバヴィル家を出て家に戻って子供を生んだ。子供が生まれたことさえアレクには知らせない。生まれた子供が死んだあと、元気を回復して酪農場に働きに出る。あらゆるものは時期がくれば回復するが、同じように処女性も回復されることはないのだろうかとテスは嘆くのである。

酪農場でテスは、農業経営に関心をもつエンジェル＝クレアという牧師の息子と出会い、お互いに愛し合うようになった。実は、かつてエンジェルとテスは知り合う機会があった。そのときに知り合っていたらテスは不幸にはならなかったのだろうが、知り合う時期がずれてしまったのも運命のいたずらなのである。

エンジェルに求婚されるが、過去のあるテスは、はじめはまったく承諾する気持ちはなかった。あまりにも強く求婚され、また、エンジェルを愛しているテスは過去を許してくれるのなら結婚してもよいと考え、自分の過去を手紙に書いて封筒に入れ、彼の寝室のドアの下の隙間から差し込んだ。翌日エンジェルの反応を見ると、冷淡になるどころか前よりも熱心に結婚を迫るのである。その後もエンジェルの態度が変わらないので、過去を許してくれたのだろうと思って、結婚を承諾する。ところが結婚式の前日にふと見ると、自分の手紙はまだエンジェルの部屋のドアのところにあった。あわててカーペットの下に差し込んだので、エンジェルは気がつかなかったのである。しかし、時すでに遅く、もう過去を告げることはできなかった。

どちらが夫か

エンジェルと結婚した晩、エンジェルがロンドンである女と二日間付き合ったことを告白した。それならば自分も許されると思い、テスはアレクとの関係を告白する。するとエンジェルの態度は一変してしまう。男性には許されることが女性には許されないのだ。エンジェルは自分の考えていたテスは別の女性だという。そして、テスの肉体を愛することなく、そのまま別居してブラジルに去ってしまう。

エンジェルは連絡もしてくれない。そのうちにまたアレクと会ってしまった。驚いたことにアレクは、説教師になってキリスト教の教えを熱心に説いているのだ。ところがテスを見ると、すぐにアレクは説教師であることをやめてテスに近づいてきた。テスの父が死亡し、住む家を失ったテスの一家の生活を援助したのはアレクだった。もうテスはアレクの要求を拒むことはできずに同棲を始めた。肉体的にはアレクだけが夫である。本当の夫は、法律上の夫エンジェルなのか、あるいは肉体上の夫アレクなのか。

エンジェルは、ブラジルで苦しい経験をして人生観が変わり、テスを新しい目で見ることができるようになった。海岸の保養地にアレクと住んでいたテスを訪ねる。テスはエンジェルに向かってもう遅いと告げるが、エンジェルに対する愛着を捨てることができない。邪魔なアレクをナイフで刺し殺してエンジェルのあとを追う。二人はしばらく逃避行を続けるが、古代遺跡のストーンヘンジで警官隊に捕えられ、殺人罪で処刑される。

最後は、エンジェルがテスの妹と一緒に、テスの絞首刑が終わったことを知らせる黒い旗が刑場の上にするする上がったのを見るところだ。「不死なるものの長（おさ）はテスを翻弄することをやめた」と結ばれている。死ぬことによって、テスは大きな運命の戯れから免れたのである。テスは救われることはなかった。耐えるだけ耐えて最後には処刑されるのだ。テスがなぜ処刑されなければならないのか。たしかに人を殺した。しかし、殺さざるをえなかった状況を見ていくと、殺人という行為だけを責めることはできない。それにもかかわらずテスは処罰を受ける。ハーディは人間の生はこういうものだと教えている。

ハーディの小説は、縦糸と横糸から織られている。縦糸が登場人物であるとすれば、横糸はドーセット地方の田園の生活と風俗である。この縦糸と横糸が巧みにからみ合わされているのである。

酪農場

酪農場の場面は、その横糸のひとつである。田舎の牧歌的な生活をほうふつとさせてくれて楽しい。テスが働きに行くトールボットヘイズ酪農場は、生き生きと描かれている。しかるべき交通機関がないので、テスは歩いてその酪農場にいくのだが、そこに近づいたことがわかる最初の合図は、「もーもー」という牛の鳴き声なのである。その声が野原の上を通って聞こえてくる。牛たちは食事の時間が近いのを知って鳴いているのである。

乳しぼりは簡単のように見えて簡単ではない。なれない人がやっても全然出ないのである。ただテスはすでに長い経験があるので乳を出すことができる。牛たちは乳しぼりの女たちを選り好みする。好きではない女には乳をしぼってもらいたくないのである。だから、交替して乳しぼりをして特定の人に決めないようにするのである。もし決めてしまうと、その人がいるときはいいのだが、留守だったりいなくなってしまうと、乳しぼりができなくなってしまうからである。

あるとき消費者から苦情がきた。牛乳に変なにおいがあるというのだ。その原因は牛がニンニクを食べたせいであることがわかった。牧草地のどこかにニンニクが生えており、それを牛が食べてしまった。ニンニクはほんの少しでもにおいが強い。ニンニクを除去する仕事が始まった。広い牧草地のなかにほんの少ししか生えていないのだから探すのは大変難しく、見落としてしまいがちである。主人を初めとして酪農場の人たちが横に列をつくり、もれるところがないように、牧草地を一列横列をつくって少しずつ進むのである。腰をかがめて、牧場のニンニクを探し出そうと一列になってのろのろと動いている人たちを、農村のことを何も知らない都会の人たちが見たら同じ農夫に見えるだろうと作者は注釈を加えている。都会の人たちにはみな一様に見えても、読者はすでにわかっているようにすべて違った人であり、それぞれの喜びと悲しみを抱いて生きているのである。そのことを都会の人にも知ってほしいのだ。

反道徳

ヴィクトリア朝は、イギリスの歴史においてもとくに道徳的な時代であった。衣食足って礼節を知るということであろう。とくに肉体的なことや性的なことを書くことはタブーであった。実際は、肉体があり性欲があるのだが、それを隠すことが上品なことであると考えられた。言葉を換えれば、偽善的だったということである。ハーディは、現実におこなわれていることを正直に表現しようとしたため、激しい非難を受けた。

雑誌に連載しようと、一八八九年に『ダーバヴィル家のテス』の半分をティロトソンに送ったが、田舎娘が地主に犯されるというようなことを雑誌に載せることはできないと断わられた。そういうことは実際は起こっていたのだが、雑誌に書くことは良俗に反するというのである。『マレーズ－マガジン』誌にも断わられた。また『マクミランズ－マガジン』誌も同様だった。

『グラフィック』誌が受け入れて連載したのだが、その際に編集長は、主人公エンジェルが、テスを含めて四人の若い女性たちを抱いて水たまりを渡してやるという場面に対して異議を唱えた。四人の乳しぼりの若い女性が日曜日の朝に教会に出かけたが、途中の道が三十メートルくらいにわたって、前夜の雨のために冠水していた。そこに現れたエンジェルが、女たちをひとりずつ抱きかかえて渡してやる場面である。エンジェルを愛している女性たちは、こういうふうにされるのを喜ぶのである。これについて編集長は、あまりにも官能的だとして異議を唱えたのである。当時の家庭では、父が子供たちに雑誌の物語を読んで聞かせることが普通だったが、それにふさわしくないということである。

ハーディは一計を案じて、不穏当で雑誌ではカットしなければならない部分を色の違うインキを使って書いておき、単行本のときにそこを復活させた。このようにして不穏当な部分をカットすることで、『グラフィック』誌は連載を引き受けたのである。ほかの作品でもハーディはこの手を使っている。テスがわが子を洗礼する場面があるが、『グラフィック』誌の編集長はこの場面にも反対したので、それを削除して単行本のときに復活した。

ハーディは、とくに異常なことを『ダーバヴィル家のテス』で書いたわけではなかった。しばしば観察されること、実際に起こることを書いたのだった。テスが婚外子を生んだことも、それは祖母の身の上に実際に起こったことなのである。ところが、それを率直に描くことによってごうごうたる非難を浴びた。何が問題なのだろうか。当時のタブーを破ったことである。性的なことは実際にあってもそれは隠すべきものというタブーが存在していた。ハーディはそれを破ったのである。「もしこういうことが続くなら、小説の筆を折らなければならない。撃たれるのがわかっていながら立ち続ける馬鹿はいない」と、ハーディは一八九二年の日記に書いている。

たぐいまれな佳人

一八九三年五月十八日、ハーディ夫妻はアイルランド総督のホートン卿から招待を受けて、アイルランドのダブリンを訪問した。

ホートン卿は妻と死別していたので、妹のフロレンス＝ヘニカー、つまりアーサー＝ヘニカー夫人にホステス役を依頼した。出会うとすぐハーディはヘニカー夫人を熱愛するようになった。このときハーディは五十二歳、夫人は三十七歳だった。イギリスに戻るとすぐに手紙を出し、そのあと頻繁に文通がかわされた。

ヘニカー夫人（一八五五—一九二三）は当時としては先駆的な女性であった。父の影響で六歳のとき詩作をはじめた。一八九一年に処女作『聖ジョージ』を出版して以来、ハーディに会うまでにすでに三冊の小説を書き、一九一二年の最後の作品までに十冊出版している。

ハーディは、このような美しい才女に夢中になってしまった。

七月十九日、ロンドンへ行く途中で、ハンプシャ州の海岸にあるサウスシーに滞在していたヘニカー夫人を訪問した。七月二十日の夫人あての手紙は、「あなたが時代遅れの迷信から解放されることを願わざるを得ません。いつかそのうち、そうなるだろうと思います。そしてそうなったからといって、何も不幸になることはないのです」と書いている。ハーディの求愛の手紙である。解放されるということは、結婚の枠をこえるということである。

フロレンス＝ヘニカー夫人

実際は、ハーディのヘニカー夫人に対する思いは片思いにすぎなかった。夫人はハーディが思っているような自由思想をもった女性ではなかった。そう見えたが、実際は信仰心が強く、結婚については伝統的な考えをもっていた。結婚生活を否定するような恋愛など思いもよらなかった。

夫人はハーディの思い出のなかの美しい存在となった。詩「ウェセックスの丘」では、「たぐいまれな佳人について／わたくしは彼女のひとつの思いにすぎない」とうたっている。

『日陰者ジュード』

無名だが充実した生涯

一八九五年、すでに雑誌に発表していた『日陰者ジュード』を単行本にまとめて出版した。ハーディの六大小説の最後の作品で、原題は『無名のジュード』である。「無名」の意味は、有名になる可能性はありながら、種々の事情で無名のまま一生を終えた人ということである。世に認められる機会がなく、結果的には「無名」で終わったが、情熱を燃焼しつくした生涯だったという意味である。

一八九二年に父が亡くなった。父の死から、父方の祖母メアリーのことを思い出した。青年のときに訪ねたことのある、祖母の住んでいたバークシャ州のフォーレーの村を十月に再訪した。そして、ここを新しい小説の舞台として選んだ。主人公ジュード＝フォーレーのフォーレーはこの村の名前である。また、主人公の名前ははじめはジャック＝ヘッドだったが、これは、祖母の親戚の男の子の名前である。これまで故郷のドーセット州を舞台にしたものが多かったが、この作品はその点では他の作品と異なっている。

主人公が石工というところは父親がモデルとなっている。ラテン語を勉強するジュードには、少年時代のハーディの姿が反映されており、叔父ジョン＝アンテルの姿も投影している。アンテルは靴屋でありながら、独学でラテン語を学んでラテン語塾を開いたが、最後には酒で身を持ち崩す。

新しい生き方をする女性のスー＝ブライドヘッドには、この時期に知り合いになった卓越した知的な女性、ヘニカー夫人の姿が投影している。いとこに対する激しい愛情という点では、ハーディのトライフィーナに対する愛を思い出させる。

この作品では、おもに二つの問題が扱われている。ひとつは階級差別の問題であり、もうひとつは結婚制度の問題である。

大学に行けない貧乏人

ジュードは孤児で、貧乏な親戚に育てられた。しかし向学心に富む心の優しい少年であった。大学で学び、学位を取得したいという小学校の教師フィロトソンの影響もあって、クライストミンスター（モデルはオックスフォード）の大学で勉強して牧師になり、将来は階級の上の主教になりたいと考えている。村の丘から北にあるクライストミンスターの町を眺め、いつかそこで勉強して立派な人になりたいと願っていた。夜学の小学校を出たあとは独学で勉強を続ける。勉強をする時間がとれないので、運送の仕事中に馬車の上で勉強する。彼が手綱を取らなくても、馬は自分の行くところを知っていたのだ。しかし、危険だという村人の抗議で警察の注意を受けた。馬車の上で勉強していたのはラテン語である。当時はラテン語の知識がないと大学に入れなかったために、普通は中等学校でしっかりとラテン語を教えてくれたのだが、中等学校に行けなかったジュードは、独学でラテン語を勉強した。

ジュードは優しい少年である。アルバイトとして、小麦の穂をスズメの害から守る仕事を引き受けるが、雀も空腹だろうと同情して、やってきたスズメに穂を食べさせてしまい、やめさせられる。畑にいるミミズさえ踏み潰すことができない。しかしそういう動物に対する優しさは世間からは評価されなかった。

性欲につまずくジュード

『日陰者ジュード』の題辞に、ハーディは『聖書外典』（新教徒が、典拠が疑わしいとして『旧約聖書』からはずしたもの）の『エスドラス』から次のように引用している。

「女のために思慮を失い、女のためにその奴隷になった男は何と多いことか。また、女のために身を滅ぼし、身を誤り、罪を犯したものが何と多いことか」

これは、女が悪であるというのではなくて、男はそのようにつくられており、男女関係はそういうものであるということだ。言葉を換えれば、性欲はそれほど強いということである。ジュードもまた、女のために身を滅ぼした男のひとりだった。

気持ちが優しく、好学の少年ジュードは、順調にいけば希望どおり牧師になり、主教になることができたはずである。ところがそうはならなかった。貧乏ということだけならば、かなり希望は達せられたかもしれないが、「女のために身を誤った」のである。

まじめな好学の青年だったが、女の魅力には勝つことができなかった。独学でラテン語を修め、ギリシャ語も学び、一年後には大学に入学し、さらにギリシャ語、ラテン語の文献を読もうと希望に胸をふくらませていたとき、突然、村娘の求愛を受けた。その娘は養豚業者の娘アラベラであった。まじめな青年ジュードに目をつけた彼女は、彼と結婚したいと思っていた。働き手である男を見つければ、子供を生み育てていくことができる。

アラベラのほうから求愛した。言葉ではなくて行動で求愛したのだ。それも度肝を抜くような方法によってであった。殺した豚の性器を、楽しい未来を想像しながら歩いているジュードに投げつけたのである。

そのあと口をきくようになった。そして、二人は遠出をしてその日のうちに帰宅することができなくなり、止むを得ずに旅館に泊まって肉体関係をもった。そのあと、アラベラは妊娠したと嘘を言い、ジュードと結婚してしまう。ジュードは、養豚の仕事をしなければならなくなる。このようにして、大学に入って牧師になるという夢は頓挫してしまうのである。

ジュードの夢の頓挫の責めを負わなければならない人間がいるとしたら、それはアラベラではなくてジュード自身である。ジュードはアラベラを断ることができたはずである。できなかったということは、それほど性の欲求が強かったのである。たとえアラベラが現れなかったとしても、別の方法で自分の性欲を満足させる方向に進んだであろう。実際、アラベラと一緒になると、ジュードはこう言うのである。「大学を卒業するよりも、牧師になるよりも、いやローマ法王になるよりも、女を愛するほうがすばらしい」と。

しかし、アラベラとの結婚は長続きしなかった。アラベラがオーストラリアへ去ったあと、ジュードはあこがれのクライストミンスターへ行った。しかし、学生としてではなく、石工として大学の建物などを修理するためであった。

大学に入学を許可してくれるように手紙を書く。しかしやんわりと断られてしまう。要するに、ジュードは石工という労働者であり、大学に入る資格はないということなのである。当時の階級の差がはっきりと現れている。あるとき酔った勢いで、大学生を前にして酒場で祈禱書のラテン語をわめいた。これがせめてもの腹いせなのだ。

結婚制度批判

クライストミンスターで、ジュードはアラベラと対照的な女性に出会う。いとこのスー＝ブライドヘッドである。彼女は道徳や慣習にしばられることなく、自由に行動する新しい女性である。キリスト像ではなくて、美の女神ヴィーナスやアポロ像を崇拝しているような女性である。読書量も多く、とくに彼女が気に入っていたのは、キリスト教批判の詩人スウィンバーンである。生命を否定するものとしてキリスト教道徳を批判する。師範学校に入学するが、校則にしばられたくなくて退学してしまう。

彼女は、かつて大学生と同棲したことがあった。しかし、こういう状況からは当然予想されるような肉体関係は拒否した。そのためその男性は死んでしまった。そのあと、学校教師のフィロトソンと結婚する。しかし肉体関係はもたなかった。この生活が破綻したあと、ジュードと同棲をはじめるが正式な結婚の手続きはしなかった。愛しているが肉体関係はもたない。最後には肉体関係をもったが、しかし、無理に手続きをとると愛情がさめてしまうと言って、正式な結婚はしなかった。自分とジュードとの間に生まれた子供がアラベラの子供に殺されるにおよんで、自分が道徳や慣習を守らなかったことを後悔して、フィロトソンとふたたび正式に結婚する。ジュードは、夫と死別したアラベラともう一度結婚する破目となり、ついには、病気で死んでしまった。

スーの結婚制度についての見方は重要な問題を提起している。結婚とは愛情なのか、あるいは制度なのか。結婚とは、アラベラの場合がそうであったように、女性が生活費を稼ぐ男性をつなぎとめるための制度なのか。アラベラは、制度としての結婚を利用して男を捕まえた。愛情は二の次だった。

他方、正式な結婚をしないでも愛情さえあればよいのか。スーは結婚という儀式をするとかえって愛情がさめてしまうと言う。正式な結婚をしていないと、周囲の人たちが不道徳な人間として排除するため仕事もなく、下宿からも追われる。結婚の本質をなすものは、愛情や肉体の結びつきなのか、それとも社会的な認定なのか。愛情と社会的な制度が一致することはないのだろうか。

不道徳な作品

『日陰者ジュード』は不道徳な作品としてごうごうたる非難を浴びた。オリファント夫人は、『ブラックウッズ－マガジン』誌の書評で、この作品は、「結婚反対連盟」だとして非難した。結婚という男女の強いきずなであるべきものが攻撃されており、結婚が否定的に描かれているとした。たとえば、ジュードが不幸になるのは、アラベラと無理やりに結婚したからであり、最後でまた不幸になるのは、アラベラとふたたび結婚してしまったからである、というテーマ自体に問題があると指摘している。

『モーニング－ポスト』誌は、この作品には何もよいところはないと批評し、『ペルメル－ガゼット』誌は、作品は「きたならしさ、たわごと、冒瀆」で満ちているとしている。『ナショナル－レヴュー』は、「デカダンなハーディ」と呼んだ。原題の『無名のジュード』をもじって、「わいせつなジュード」と非難するものもいた。ウエイクフィールドの主教は、この本をわざわざ買ってきてそれを暖炉の火に投げ込んだと声明し、一握の灰を送ってきた。ハーディの長年の親友のエドモンド＝ゴスも、書評でこの作品を批判した。これはハーディにとってこたえた。

小説の筆を折る

『ダーバヴィル家のテス』や『日陰者ジュード』に対する非難のため、ハーディはこれ以上小説を書き続ける意欲を失った。「撃たれるのがわかっていながら立ち続ける馬鹿はいない」と、『ダーバヴィル家のテス』に対する非難を浴びたあとで日記に書いている。このあと、以前に雑誌に連載された小説『恋霊《こいたま》』（一八九七）が刊行されたが、『日陰者ジュード』の執筆が終わると小説の筆を折った。十四編の長編小説と、三編の短編小説の印税で生活は十分にできた。

ハーディは、アメリカ合衆国に新しく制定された著作権法の恩恵を受けたイギリスの最初の小説家であった。青年のとき、文筆によって生計を立てようと決意したが、その決意は十分に果たされた。作家としての才能があったのは間違いないが、それを生かすべく努力した結果である。一面では、ハーディは、書きたいと思うテーマはすべて書きつくしたとも言える。小説の筆を折っても、とくに後悔はなかったであろう。この後、青年時代からはじめていた詩作へと向かった。ハーディは青年時代から詩に関心をもって詩を書き続けていたが、詩作だけでは生活できなかった。財政的に安定したとき、青年時代の夢に戻っていったのである。

全集「ウェセックス - ノヴェルズ」の刊行

一八九五年から九七年にかけて、「ウェセックス - ノヴェルズ」の名前で、はじめてハーディの全集が刊行された。「ウェセックス」というのは、元来は、五世紀から九世紀にあったアングロサクソン民族の七王国のひとつの国名であった。ハーディは、その名を自分の小説の舞台になった地域をさす言葉として復活させた。すなわち、故郷のドーセット州を中心としながら、イングランドの南西

アグネス＝グローヴ夫人

部の地域を指している。ハーディは、自分の小説のなかでその地域を舞台として用いているが、地名には小説上の名前を使っている。たとえば、ドーチェスターを登場させる場合は、カスターブリッジと呼ぶのである。作品にはウェセックス地方の地図がつけられていることが多いが、その地図は作品理解の一助になる。こののち、「ウェセックス＝ノヴェルズ」は、ハーディの小説を総称する言葉になった。

グローヴ卿夫人を知る

ヘニカー夫人への愛がまださめやらないうちに、ハーディの前にまた美人が現れた。一八九五年九月、ハーディ夫妻は、富裕な地主で考古学者のピット＝リヴァアズ将軍に招待されて、ドーセット州とウイルトシャー州の境界にあるラシュモアを訪れた。ラシュモアに将軍は遊園地ラーマー＝トリー園をつくっていた。そこで、将軍の娘でウォルター＝グローヴ卿の妻であるアグネス＝グローヴ（一八六三－一九二六）と出会った。そのとき夫人には三人の子供がいた。

野外の舞踏会で、ハーディはグローヴ夫人と舞踏の先頭に立って踊った。ハーディはこの夫人にいたく魅かれた。舞踏会が終わったあと二人だけで木陰にすわって休んでいた。月影が木の間がくれに見えた。すぐ後ろにアグネスの夫がいるのにも気がつかないで、ハーディは夫人の手を握ったままであった。夫人が文筆活動に関心があることを知って、『日陰者ジュード』が出版されたときにはすぐに送っている。夫人は熱心な女性参政権論者で、生体解剖反対、種痘反対で革新的な自由党支持であり、ハーディと意見が合った。

翌年、アグネスがロンドンに出てきたときハーディは会いに行っている。彼女は文学創作についてハーディの助言を仰いだ。愛する弟子としてハーディは指導をしている。それ以上の関係に進むことはなかったが、アグネスは老いた詩人の情熱をかきたて創造力に火をつけている。ヘニカー夫人といいグローヴ夫人といい、ともすれば涸れがちなハーディの心を生き返らせたのである。

ハーディの貴婦人に対する憧れは、『貧乏人と貴婦人』以来のものである。しかし、アグネスに対するハーディの愛着はエマにもすぐわかり、それは、夫婦関係においてマイナスの反応として現れてくるのである。

七　小説家から詩人へ

第一詩集『ウェセックス詩編および他の韻文』

ハーディは、小説の筆を折ってから詩作に専念し、生涯に八冊の詩集を出版、九百五十編以上の詩を発表したが、一八九八年には第一詩集を出版した。詩は若いときから書いており、発表したかったのだがその機会がなかった。レズリー＝スティーヴンに詩の発表を希望したが受け入れてもらえなかった。はじめて発表したのは一八七五年であり、「新婚の夜」という作品である。この詩集を読んでエマはショックを受けた。自分以外の女性のことがうたわれていたからである。

トライフィーナの思い出

「彼女は永遠に生きる」は、トライフィーナを偲ぶ作品である。亡くなってから七年後に、最後に彼女と会った牧場に行ってみる。するとそこに彼女の亡霊が現れ、忘れないでよく来てくれたという。夫は再婚してしまい、子供たちも今ではその再婚した女性を母だと思っている。

「私」が死んで「君」といっしょになろうと言うと、トライフィーナの亡霊はそれをおしとどめ、どうぞ長く生きてください、あなたが思い出してくれるからこの世に生きていられるので、あなたが死ぬと私もこの世での生は終わってしまうと言った。それを聞いて「私」は生き続けることを決意したのである。ここには、つきることのないトライフィーナに対する愛情が表現されている。

ハーディ家とエマの不仲

以前は、作品の資料収集まで手伝っていたが、『日陰者ジュード』の出版以来、エマはハーディの原稿を清書しなくなった。夫婦の関係が冷えてしまったのである。さらに、エマとハーディ一家の関係も冷え込んでいた。

一八九六年当時、ドーチェスターの小学校で校長をしていたメアリー宛てに、夫と自分の仲を裂こうとしていると責め立てる、義理の妹に出すとは思われないような喧嘩腰の手紙をエマは出している。一八九〇年代のはじめごろ、エマはハーディの妹と大喧嘩をした。理由ははっきりしないが、ささいなことのようだ。そのあと、メアリーとケイトがマックス‐ゲイト邸に来ることを禁じてしまった。ハーディ家のほかの人たちは禁じられたわけではなかったが、これがもとでエマとハーディ家の溝は深まった。

エマには、ハーディ家の人たちは自分より身分が低いという意識があった。ギフォード家には、聖職者、医師、弁護士、軍人などがいて中産階級なのに、ハーディ家は労働者階級という意識があった。この意識は、生涯エマから抜けることがなかった。階級制度の弊害といえる。

一八九九年十月ボーア戦争が起こった。これは、アフリカにおけるイギリスの権益を守り、さらに拡大しようとすることから起こった植民地争奪戦争だった。イギリスは、南はケープタウンから北はカイロにいたる帯状の植民地をつくろうとしていた。そこにあったのがオランダ系のボーア人の二つの共和国、トランスヴァール共和国とオレンジ自由国であった。「ボーア」というのはオランダ語で「農民」という意味で、アフリカに入植したオランダ人農民たちを指している。

ボーア戦争の勃発

はじめ、ボーア人はケープタウンにいたが、そこをイギリスが領有するや自分たちの土地を求めて北上し、アフリカ原住民と衝突しながら二つの国をつくったのである。ところが、そこに金とダイヤモンドの鉱脈が発見されると、イギリス人が侵入して略奪的行為をおこない、ボーア人と対立した。イギリスは自国の独占資本家を助けて軍隊を派遣した。

二年半にわたる戦闘ののちにイギリス軍は勝利を収めたが、イギリス軍の戦死者は六千人、戦傷者は二万三千人で、ボーア人の死者は四千人だった。捕虜収容所でボーア人の家族二万人を死亡させたことから、世界中から反発を受けた。植民地の弱小国相手の戦争に、このように長い年月をかけたということでイギリスの強国としてのイメージは崩れた。

ドーセット州からもボーア戦争に出征していった。そのうちのあるものは戦死し、異国の土と化した。一八九九年十月二十日、ハーディはサウサンプトン港で、五百人の兵士が乗船するのを見送った。ヘニカー夫人の夫ヘニカー少佐も出征した。ドーチェスターの砲兵の出発も見送った。近くの村から出征したひとりの兵士が戦死した。それをもとにしてハーディは、「鼓手ホッジ」という詩を書いた。ボーア戦争をうたった詩のなかで最高のものであり、あらゆる戦争詩のなかでも屈指の傑作である。

ハーディは、故郷から千キロも離れた異郷で戦死した兵士に同情を禁じえなかった。彼は棺に入れられることもなく、土中に埋められた。夜になると、空に彼が生前に見たことのないような星座が現れるのだ。

だが、彼は見知らぬ平原の土の
一部になるのだ、永久に。
彼の素朴な北国の胸と脳は
南国の樹木に変わる。
見知らぬ目をした星座が、
彼の星を支配する、永遠に。

これは一人の詩人がとらえた戦争の姿である。見知らぬ星座ということで故郷を遠く離れた南半球に来ていることが印象づけられる。これまでホッジはアフリカまで旅したことはなかった。それどころか、おそらくそれまで、自分の村を離れたこともないだろう。そういう地方の青年が異国の空の下でむなしく死んで、墓さえもないのである。兵士たちに代わって、詩人は怒りと悲しみをうたっている。

この戦争に対して、イギリス人は賛成と反対に分かれた。愛国的で、ボーア人に負けることを屈辱と感じた人と、この戦争の正当性を疑い、侵略戦争と考える人がいた。ハーディもエマもボーア戦争に反対した。ボーア人は家庭と自由のために戦った。それに対してイギリス軍は、ダイヤモンドと金を獲得しようとして侵略したからである。

前線での戦死者を描いたハーディの詩、「クリスマスの幽霊物語」さえ反戦として非難された。

『覇王』――戦争の悲惨を描く

一九〇三年には、叙事詩『覇王』の第一部を出版した。一九〇六年には第二部、一九〇八年には第三部が出版された。全部で十九幕、百三十場、一万五百五十三行。そのうち、押韻していない部分が七千九百三十一行、押韻している部分が千百五十二行、散文の部分が千四百七十行。したがって、シェイクスピアの作品と同じく、劇詩（詩で書かれた劇）のジャンルに入る。台詞をいう登場人物が二百九十七人登場する。

この作品はボーア戦争が直接の引き金になっているが、ナポレオン戦争が主題になっている。ハーディはナポレオン戦争にとりつかれていた。これを執筆した動機としてハーディ自身は三つをあげている。第一は、ナポレオン戦争時代、生家の近くにあった海浜御苑にジョージ三世が滞在して、そこに首相のピットや高官が訪ねてきて重要な決定がなされたこと、第二は、近くの海岸がフランス軍上陸の予定地になっていたこと、第三に、トラファルガル海戦のときの旗艦ヴィクトリー号の艦長のハーディが、近くの村の出身であったことである。

この作品でハーディはナポレオン戦争を真正面から取り扱うことになる。これまでボーア戦争を扱った詩は書いているが、今度は戦争を広い視野から取り上げている。ボーア戦争が終わった翌年に発表されたこの作品には、ボーア戦争の影が落ちていることは当然である。なぜ人類は戦争をするのか。それも人種的にはそれほど違いのない人間たちのあいだで……。ハーディは、この大問題に取り組んだ。

その大きな理由に指導者の征服欲がある。その裏には犠牲になる弱い人たちがたくさんいる。ナポレオンがモスコーを撤退したときの六十万のフランス軍の悲惨な姿。草むす〝かばね〟となった彼らは、「英雄」の犠牲者なのである。

自分の野心のためには、部下も妻も犠牲にしてしまう態度をハーディは非難するのである。そして国家の指導者は、だれもがナポレオンと似たりよったりなのである。自分の権力欲を満足させるために戦争を起こし、まったく関係のない、何のために戦っているのかよくわからない兵士たちを

1905年頃のエマ

犠牲にしてしまうのである。

エマの女性参政権獲得運動

一九〇七年、ハーディ夫妻は女性参政権運動のデモに参加するためにロンドンに行った。一九〇八年、さらに大規模なデモがおこなわれ、ハーディ夫妻はそれに参加した。

一九〇八年五月九日付の『ネーション』誌にエマが投書した。これは「女性と参政権」という見出しで掲載された。自由党の国会議員のマシーが『タイムズ』で、「法律の基盤は力であり、社会の力は男性である」という言葉を引用して女性参政権に反対したのに対してエマが反論したもので、たいへん力のこもった論調である。

「マシーの考えは二十世紀には通用しない。現在、社会はうまくいっているように見えるが、実際は、貧困、自殺、幼児飲酒、動物虐待が横行している。法律と力の代わりに、説得による時代がきたのであり、これは、優しい思慮深い女性によっておこなわれるものである」。こう論じて、最後に次のように結論づけている。

女性は幾世代にわたって男性の犠牲になってきました。男性は、女性のもつ女性らしさよりも、人間としてより高等な状態であるという、男性が支持し、女性までもがこれまで卑屈にも受け入れてきた馬鹿げた考えは、専制と、女性の真実の能力についての恐るべき誤解につながります。女性は、これまで、自分たちに対する待遇に当惑し、おしつぶされてきたのです。そしてこれまで、男性の優越という考えに盲従してきたのです。男性の立派な女性に対する賛辞は、もう何を言っても安心な墓碑銘にだけ刻まれたのです。

もちろんこういう考えは、当時広まっていたものであるにしても、エマがこれだけはっきり言っていることには驚きを感じる。この男性のなかには夫も含まれていて、夫に対する不満もここからは読みとることができる。

ただし、エマは過激で戦闘的な運動には賛成しなかった。過激派の破壊行動がはじまると、入会していたロンドン女性参政権協会に脱会届けを出した。第一次世界大戦が終わった一九一八年に部分的ながら女性参政権が認められたが、このときエマは、すでにこの世にはいなかった。

若い恋人フロレンス＝ダグデイルを知る

『覇王』第三部完成の裏にはひとりの女性の援助があった。この女性の名前はフロレンス＝ダグデイルであ

フロレンス＝ダグデイル（30歳頃）

る。ハーディの詩と散文のアンソロジー出版がきっかけで、フロレンスはハーディに近づいた。フロレンスはハーディの『青い瞳』を読んで以来、ハーディの称賛者になっており、近づきになりたいと思っていた。彼女は、幼いときから文学好きで、教職につきながらも文学の夢を追っていた。建築家でありながら文学で身を立てようとしていたハーディの境遇と似ているところがあり、ハーディの胸に訴えるものがあったのであろう。一九〇六年一月に、ハーディはマックス＝ゲイト邸を訪問した彼女に、また来るようにと手紙を書いている。次第に交際は深まり、この年の九月にはハーディは署名入りの自分の写真を二枚彼女に与えている。同じ年の十一月、彼女が大英博物館の閲覧証をもらうと、ハーディのために、『覇王』三部の資料を大英博物館で調べた。

フロレンス＝ダグデイルは、一八七九年一月十二日、ロンドンの北郊エンフィールドで生まれた。祖父はハーディと同じドーセット州の鍛冶屋のウイリアム＝ダグデイルである。父のエドワードはハンプシャで生まれた。小学校の教師の資格を得て、二十三歳で小学校の校長となり、生涯、校長として小学校教育に貢献した。

フロレンスという名は、十九世紀後半の女の子によくつけられたが、近代的看護婦制度の祖、フロレンス＝ナイティンゲールにちなんだものである。ナイティンゲールは、看護婦養成学校をつくって病者や弱者に救いの手を差しのべるとともに、それまで蔑視されていた看護婦の社会的地位を高めたのである。フロレンス＝ダグデイルも、その名に恥じないような生活を送ることになる。

また彼女は文学少女であり、文筆家として活躍したいという夢をもっていた。二十歳のころ、一家の知人が編集をしている地方新聞の『エンフィールド－オブザーバー』にエッセイ、物語、劇評を執筆しはじめていた。

このころ彼女を先輩として文学の世界に導く男性が現れた。十歳年上のアルフレッド＝ハイアットである。ハイアットは父の教え子であった。上級学校へ進む能力はもっていたが、言語障害のために、また家庭が貧しかったために果たすことができなかった。その代わりに、文筆と出版に生き甲斐を見いだしていた。彼はシーダーズ出版という小さい出版社をつくって選集などを出版していた。『エンフィールド－オブザーバー』の子供向けのコラムも担当していて、フロレンスにも、一八九九年以降、そのコラムに執筆するチャンスを与えた。このコラムをフロレンスは、「アミタ」と署名して書いた。彼女は、障害があり、また結核を病む不幸な青年に同情した。同情は愛情に変わっていった。彼もまたフロレンスを愛していた。ハイアットが病気でなかったなら、二人は結婚してもおかしくない関係にあった。

シーダーズ出版が『ポケット版ハーディ集』を刊行したのを機に、フロレンスはハーディに会った。一九〇七年四月二十九日の手紙で、ハーディは次のように書いている。

「次の次の土曜日にサウスケンジントン博物館（ロンドン）で資料を集めたいと思っております。その日は学校がない日だから、そこに来てください。調べ物のためです。四時に建築展示室でお待ちします。トロヤヌス柱のそばで。でも雨ならば来ないでください。この冬はひどい風邪を引いたのですから」

「調べ物」とは断っているものの、彼女に会いたい気持ちが伝わってくる。

ハーディは、社交界の季節がきたのでロンドンに部屋を借りた。そして大英博物館の図書館に通った。フロレンスは、ハーディと定期的に会っていたのであろう。

六月には『ウェセックス詩編』を彼女に贈呈した。また七月には、彼女のために、熱心に就職運動をしている。『覇王』を出版したマクミラン社に手紙を書いて、教職の経験があるので児童向けの本の編集に適していると推薦しており、さらに、速記やタイプライターができるとつけ加えている。また、彼女はドーセット州の旧家の出身であるとも述べているが、実際は鍛冶屋であり、「旧家」は事実とは違って誇大な表現である。ハーディがフロレンスを世に出そうといかに夢中になっていたかがうかがえる。同じ趣旨の手紙を『デイリー－メイル』誌の編集者にも送って、彼女の就職を頼んでいる。一九〇七年九月には、ハーディは『コーンヒル－マガジン』誌にフロレンスの短編を送り、掲載の依頼もしている。

秘密のあいびき

一九〇九年七月、ロンドンのコヴェントガーデンで上演された『テス』のオペラを、ハーディはフロレンスと一緒に見に行こうとした。ところが来る予定のなかったエマがロンドンに出て来ることになった。ハーディはあわてた。二人の女性が鉢合わせすることになるからである。ハーディは親友のクロッドに事情を話して、フロレンスの面倒をみてもらうことにした。エドワード＝クロッド（一八四〇－一九三〇）はハーディに言われたとおり、フロレンスと一緒にオペラを見て、すこし早く切り上げて二人で食事をして帰った。

クロッドはそのころ銀行に勤務していた。両親は牧師にしたかったが、ダーウィンの影響で宗教に懐疑的になり、牧師にはならなかった。ダーウィンについての論文を書いている。一八九〇年代から、ハーディはクロッドが自宅で開いた会合に出席していた。ハーディの妻エマは、夫に無神論を吹き込んでいる悪い友人として、クロッドをブラックリストに載せていた。クロッドは妻と別居しており、ハーディとフロレンスとの関係に同情していた。フロレンスもクロッドを頼りにして種々の問題を打ち明けていた

このあとクロッドは気をきかして、ハーディとフロレンスを、イギリス海峡に面した海岸の町オールドバラの自宅に招待している。クロッドは、自分の友人や知人をここによく招待している。八

ハーディとフロレンス／1909年８月16日、オールドバラの海岸にて

月十三日に、ハーディとフロレンスとクロッドはロンドンからオールドバラに列車で向かった。

八月十六日に撮影したハーディとフロレンスの写真が残っている。その寄り添ったポーズはすでに夫婦ではないかという錯覚を起こさせるほどである。このときちょっとした事件が起こった。近くの川にハーディとフロレンスがクロッド所有のボートで船遊びに出かけた。昼食をしたあと帰ることになったが、船頭が近道をしようとしたため、浅瀬に乗り上げて動かなくなってしまった。満ち潮になるまでにはあと十二時間待たなければならなかった。困り果てて救いを求めたハーディは、自分のハンカチを振った。そのあと救助されて帰宅したのは夜の九時だった。クロッドは冗談に、「英国文壇の大御所遭難」という見出しが地方新聞に出るぞと脅かした。それによって妻に秘密の旅行が知られてしまうとハーディ自身も心配したのであろう。実際にオールドバラを含めて三つの地方新聞にこのことが記事として出た。ハーディは編集者のショーターに手紙を書いて、ロンドンの新聞には伝えないようにと頼んでいる。

いつまでも秘密に会うことはできないので、エマの正式な友人として認めてもらわなければならなかった。自分がフロレンスをマックス－ゲイトに招待すれば、エマは関係を怪しむだろう。考えた末に、エマに招待させればよいことに気づいた。そのためには、フロレンスとエマをどこかで引き合わせなければならない。そこで使われたのがロンドンのリセウム－クラブである。一九一〇年六月、エマがリセウム－クラブで講演をしたが、その折りにフロレンスはエマと知り合いになった。フロレンスはエマの話をほめた。これはエマにとってうれしいことであった。このようにして、ハーディの計画どおりに事は運んで、フロレンスはエマの知り合いとしてマックス－ゲイトに堂々と出入りするようになった。

一九一〇年七月、フロレンスがマックス－ゲイトに滞在して帰ったあとで、「訪問のあとで」という詩を書き、「ふたたびやってこい、アザミの綿毛のような軽い足取りで」とうたっている。当時マックス－ゲイト邸は、ハーディとエマの関係がうまくいかなかったために重苦しい雰囲気に包まれていた。そこに若い女性が登場し、邸内を軽やかに自由に歩きまわるのを見るのが、ハーディにとってはとても新鮮な感動であった。

エマの死　一九一二年十一月二十三日の朝、エマの容体が急変して死亡した。ハーディは容体の急変を小間使いから聞いてかけつけた。エマは意識不明であった。「わしがわかるか」と叫んだが応答はなかった。激痛で心臓は衰弱して、約五分後に死去した。それまで一年間ぐらい胆石で苦しんでおり、手術が必要だとされていたが手術を嫌っていた。ハーディは当時、全集の刊行のための校正に没頭して、激痛に苦しむ妻に対する配慮が不足していたようだ。実際、ハーディは三階、エマは二階の部屋で暮らしており、顔を合わせるのは食事のときだけで、そのときも口をきかなかったから、妻の容体については十分知らなかった。

エマは生前、プリマスのチャールズ教会にあるギフォード家の墓所に埋葬されることを願っていたが、その墓所は閉じられていた。そこで、初めてハーディと会った、コーンウォルのセント－ジュリオット教会に埋葬されることを望んだが、これはハーディが望まなかった。十一月三十日、ハーディ家の墓所、スティンズフォード教会に埋葬された。

ほとんど口をきかない状態になっていたが、あれほど愛して結婚した女性である。妻の死は、七十三歳の老詩人にそれまで眠っていた、亡き妻への深い愛情を呼びさますことになり、一連の妻恋いの絶唱が生まれることになる。

コーンウォル再訪

エマは晩年、秘密の日記をつけはじめた。死後にハーディはこれを読み、ショックを受けて焼却してしまった。のちにハーディと結婚したフロレンスが「悪魔の日記」と呼んだものである。ハーディの一家と、ハーディ自身を非難する言葉が書きつづられていたようである。

ビーニー - クリフ

「悪魔の日記」のほかに、それとは、まったく性質の異なる原稿をエマは残していた。それは『回想』という題名であった。これは、少女時代から結婚するまでのことを追憶した美しい文章である。プリマスの少女時代のこと、セント - ジュリオットの村での生活を美しく描写している。ハーディはこの文章に感動した。それをたずさえてエマのゆかりの土地をまわり、鎮魂しようとした。エマはコーンウォルを一緒に再訪することを望んでいたのだが、その夢を果たさないで死亡した。ハーディは、エマと結婚する前年の一八七三年以来、セント - ジュリオットを訪問していなかった。一九一三年三月六日、ハーディは弟のヘンリーを伴って訪れた。

昔を思いながら、ハーディは自分の気持ちを詩に書いた。亡妻に寄せる思いはハーディの胸に高まり、ハーディの詩のなかの最高傑作、そして、英詩のうちでも最高の相聞歌を生むことになった。もし妻を失うことがなければ、このような傑作は生まれなかったであろうことを思うと、まことに人生は皮肉と言わざるを得ない。ハーディはエマが残した『回想』に言及されている場所を、あたかも亡妻の身代わりのように訪ねて歩いた。

妻の幻を求めながら、老詩人は大西洋を見下ろすビーニー＝クリフ断崖に立つ。そこからの眺めは、エマが『回想』のなかで美しく描いていた。四十年前と同じように、荒波がビーニー＝クリフの断崖に打ち寄せる。かつて愛した女性は、すでにかたわらにはいない。

断崖に立つと、四十年前にエマと一緒に歩いたときのことが、あたかも昨日のことのように思い出され、老詩人の胸をしめつけるのだった。

再婚

一九一一年十二月九日、フロレンスが愛して頼りにしていたアルフレッド＝ハイアットが亡くなった。四十歳であった。彼女は深い悲しみに落ちた。二十歳のときからずっと頼りにしてきた。もし、ハイアットが健康な体であったならば結婚していたであろう。

一九一二年春、かつてフロレンスがコンパニオンとして働いていた、ダブリンのソーンリー＝ストーカー卿から病気であるという手紙がきた。それからまもない六月一日にストーカーは亡くなった。貧しい人たちの医療に尽力したので、その死を人々は悼んだ。美術品、家具、陶磁器など収集したものを売却して遺産を分配した。精神異常の妻の面倒をよくみてくれた礼に、看護婦のウエッブに五千ポンド、そして、その助手だったフロレンスに二千ポンドが遺産として贈られた。

フロレンスは遺産を、ストーカーのように人助けに使うことに決めた。この遺産で十五歳年下の

ハーディ夫人となったフロレンス＝ダグデイル

妹を三年間、家政学の専門学校に行かせた。姉としての愛情よりも母のような愛情である。自分は、好きな文筆の道を歩こうとした。もうコンパニオンや秘書をする必要がなくなった。ハーディ家に行くことも少なくなった。一九一二年十一月二十七日、フロレンスは『ラッパ隊長』の芝居を見るため、ドーチェスターに近い港町のウエイマスへ行った。そのときハーディの妻エマの急死を知らせる電報がきた。数日後、フロレンスは帰宅したが、ハーディからアメリカ版の校正を手伝ってくれという依頼があった。彼女がマックス－ゲイトに行ってみると先着の女性がいた。妻エマの姪にあたるリリアン＝ギフォードが家事の切り盛りをしているのだった。

フロレンスはたまりかねて、故郷の町エンフィールドに逃げ帰った。しかしハーディは、リリアンを家から出すから来てほしいとフロレンスに言い、そこで彼女は意を決した。リリアンと自分のどちらかを選んでほしいとハーディに迫った。ハーディはリリアンを家から出した。一九一三年の新年、彼女はマックス－ゲイトの邸宅に入った。これ以後、ハーディが亡くなるまで彼女はハーディのそばにいることになった。

フロレンスは、ハーディと四十歳近くの年齢の差があり、いわゆる男女間の愛情をハーディに対して抱いていなかった。遺産のおかげで経済的な理由で結婚する必要はなかった。ハーディと結婚することによっていわゆる社交界に入ることは考えたであろう。そして自分の身分が上がることによって、妹たちの結婚が有利になると考えた。それにもまして、結婚に踏み切った理由は、奉仕の精神である。

一九一三年のクリスマスには、マックス＝ゲイト邸でまたリリアン＝ギフォードと鉢合わせになった。フロレンスはハーディに強硬に迫った。一週間以内にリリアンを家から出さなければ結婚しないと。ハーディはそれにしたがった。一九一四年二月十日、ハーディとフロレンス＝ダグデイルはエンフィールド教会で結婚した。

第一次世界大戦の勃発

一九一四年八月に第一次世界大戦が勃発した。イギリスも八月四日、ドイツ、オーストリアに対して宣戦を布告した。最初は志願兵に頼っていたが、一九一六年に徴兵法が成立した。双方の被害は甚大であった。一九一八年十一月に終結するまで、イギリス軍は九十万人が戦死した。武器の発達のためであった。戦車が登場し、飛行機、飛行船が実戦に参加した。

大戦の勃発は、ハーディには大変なショックであった。人類には希望も正気も残っていないと感じた。十年も年をとったように思えた。ハーディは『覇王』においてナポレオン戦争の悲惨さを描き、将来はこういう戦争はないだろうという期待をもっていた。『覇王』の最後でハーディは、戦争はなくなり「幾世代の怒りはおさまるだろう」と書いたのだが、ハーディの予想に反してふたたび大戦争が起こってしまったのである。

自伝執筆

一九一六年の初め、ハーディ夫妻を驚かすニュースが入った。エドワード＝クロッドが回想録を出版するというのである。クロッドはハーディの長年の親友であった。ハーディが先妻エマの生前にフロレンスとの交際を打ち明けたのはクロッドであった。オペラ劇場で、エマとフロレンスが鉢合わせしそうになったときに助けを求めたのもクロッドであった。ハーディがフロレンスと秘密のあいびきをしたのは、クロッドのオールドバラの家であった。二人の仲をよく知っているクロッドが回想録を発表すれば、自分たちの秘密が暴露されてしまう。妻に内緒で付き合っていたことがもし明るみに出れば、スキャンダルになるだろう。しかし、その年に出版されたものを読んでみると、何もスキャンダルになるようなことは書いてなかった。

このことがあってから、ハーディは自伝を書こうとした。そうすることによって、自分に都合の悪いことを他人が書くのを防ぐことができる。ハーディは自分の出身の階級が低いことまで気にしていたのである。書く人がいても自分のほうが正伝になるだろう。もちろん、フロレンスに手伝っ

晩年のハーディ

てもらわなければならない。一九一七年にこの仕事をはじめた。その過程で、自伝として自分の名前で発表するのではなくて、フロレンスの名前で発表させることを思いついた。そうすれば、文学少女であり、作品を書き続けて作家になることを願っているフロレンスの希望も満たすことができる。こういう例はすでにあった。これまでにハーディが手を入れたり、ハーディが書いたものをフロレンスの名前で出版したことはあった。このようにして『ハーディ伝』ができた。

ハーディが書き、その折りに参考にした日記やノートは焼却して後に残らないようにした。フロレンスがタイプを打った。打ち終えるとハーディの原稿は焼却した。三十六章まではハーディが書き、残りはフロレンスが書いた。ハーディは妻のゴーストライターだったのである。

灯火が消えていく

一九二三年にヘニカー夫人が亡くなった。ハーディの心に燃え上がった恋情は友情に変わらざるをえなかったが、そのあと、夫人とは生涯友情が続いた。ハーディの夫人宛ての書簡は百五十三通残っている。夫人からハーディへの四十通近い書簡も残っている。その内容は、おもに文学上のものであるが、動物愛護、動物虐待防止に熱心だったことがうかがえる。羽毛を装飾に使用することに反対し、動物の生体解剖に反対し、戦争中の傷ついた馬の手当ての援助、傷病兵、捕虜の援助に尽力している。

一九二六年、アグネス゠グローヴが亡くなった。戦争のために家運が傾いていた。かつてハーディの心をときめかせた美しい女性たちは、ひとりまたひとりと、灯火が消えるように去っていった。ハーディ自身の最後も近づいていた。

死

一九二八年一月十一日は、いつものように少量ではあったが食事をとった。夜になるとフロレンスに「ルバイヤット」の一節を繰り返して読むように頼んだ。そのうちにこれまでになかったような激しい心臓の発作に襲われた。医師がすぐ呼ばれてきたが、九時すぎに息を引きとった。享年八十七歳であった。

ケンブリッジ大学のコカレルとか、友人のジェームズ゠バリの考えでウエストミンスター寺院埋葬が計画された。翌十二日、シェイクスピアをはじめ著名な文学者が埋葬される、ウエストミンスター寺院埋葬の許可が出た。ジョージ゠エリオットとかバイロンなど著名な文学者でも、キリスト教信仰に問題があるとして、記念碑をつくることを拒否されたことがあるが、ハーディの場合も、ウエストミンスター寺院の大主教は、その信仰について疑いをもち、ハーディの郷里のスティンズ

スティンズフォード教会にあるハーディの墓

フォード教会の牧師に照会した。牧師は、ハーディが洗礼を受けたこと、教会修復のために寄進したことなどの理由をあげて、信仰に問題がないと回答した。その結果、ウエストミンスター寺院埋葬の許可が与えられた。他方、妹のケイトたちハーディ家はスティンズフォード教会埋葬を望んでいた。フロレンスは困り果てて村の牧師に相談したところ、その妥協策として心臓を取り出して村に埋葬するようにと言われた。

十三日には遺体から心臓が取り出され、残りの遺体は火葬されて遺骨はウエストミンスター寺院に送られ、十六日には盛大な葬儀が行われた。妻とハーディの妹ケイトが参列した。農夫がもってきた故郷ドーセット州の土が骨壺の上にかけられた。

ウエストミンスター寺院埋葬は知人の意志であった。大作家だからという理由だろうが、ハーディ自身は果たして喜んだだろうか。むしろ故郷の教会で親族兄弟とともに眠ることを望んだのであろう。

同十六日、故郷のスティンズフォード教会でも、ウエストミンスター寺院とは別に葬儀がとりおこなわれた。弟のヘンリーが喪主となり、心臓を先妻エマの墓のかたわらに埋葬した。ドーチェスターでは一時間すべての仕事を中断して服喪した。また同時刻には、聖ペテロ教会で市長をはじめ、他の多くの名士が集まって、礼拝を行った。

一九三七年十月十七日、フロレンスが亡くなった。この結果、遺産は妹のケイトに移った。ケイトは一九四〇年、ちょうどハーディの誕生から百年後に亡くなった。

II

トマス＝ハーディの思想

一　真実を凝視する作家

社会の矛盾

ハーディは、彼が生きたヴィクトリア朝時代の社会の現実を直視した。この時代は、イギリスの最盛期であり、イギリスは世界の工場として、工業製品を世界に売りさばき、植民地を獲得して太陽の没するときがないと豪語した。植民地獲得のためには戦争も辞さなかった。

たしかに富は蓄積され、世界最強の国家であったが、国内には種々の問題を抱えていた。たとえば、都市の工場では労働者は苛酷な条件の労働を強いられることになり、労働者と資本家の対立が起こった。農村では、地主と農業労働者の差は歴然としたもので、労働者はいくら働いても暮らしはらくにならなかった。

また、支配階級と被支配階級の差が歴然としていた。下層の階級に生まれてしまえば、いくら才能があっても上の階級に上がって豊かな生活をすることは、ほとんど不可能であった。教育を受ける機会も閉ざされていた。とくに女性は、男性よりも不利な立場にあった。十九世紀後半からは、女性にも高等教育の門戸は開かれたが、まだ、ほんの一部の者しかその恩恵に浴することができなかった。
下の階級の子として生まれたハーディは、階級の差を意識せざるをえなかった。自分ばかりでなく、同じ階級に属する人たちの苦難に同情するのである。また、恵まれない農民の姿を直視した。ハーディの小説を読むと、ストーリーが複雑で思わぬ展開があり、サスペンスがあり、最後まで息がつけないような物語が多いのは事実であり、筋のおもしろさや、複雑さを楽しむことはできる。しかし、ハーディ文学の中心をなすものは、『ダーバヴィル家のテス』や『日陰者ジュード』のような、苦難を背負いながら生きていく人たちを描いた作品である。

自然主義文学の流れ

真実を凝視する態度は、自然主義文学の作家としての態度につながる。ハーディは、イギリスにおける自然主義文学作家のひとりである。自然主義文学は、フランスの小説家エミール＝ゾラによって唱導されたものである。実際、ハーディはゾラを読んで研究している。そして、たとえ不愉快でも事実を描くというやりかたに注目している。

ゾラは、フランスの医学者クロード＝ベルナールの『実験医学研究序説』（一八六五）をもとにして「実験小説論」を発表、小説は医学と同じ方法で書かれるべきであることを主張した。人間を遺伝と環境によって決定される存在として、その姿をあたかも実験室で観察するように、科学的に冷静に観察し、記録して表現することを主張した。

ゾラの主張は、結果的には人間の暗い生活を描くことになった。けっしておもしろくも美しくもないが、現実の人間の姿を浮き彫りにすることになった。これまでは実際には存在していたが、見て見ぬふりをしてきたものを、獣にも似た人間の姿を描くことになった。したがって、当時イギリスにおいて、ゾラの作品に対する道徳的な反発や非難は激しかった。

フランスにおいてゾラがおこなったのと同様のことを、ハーディはイギリスで実行している。その結果、ごうごうたる非難を浴びて小説の筆を折ってしまった。ハーディは、わざと荒唐無稽のことを書いたわけではなかった。ただありのままに現実を見て、それを正直に、率直に、あたかも鏡に映すように表現しただけであった。鏡に映された真実の姿を見て、人々は非難したのである。

ハーディが、その作品を通して主張している思想のおもなものは、キリスト教の世界観に対する懐疑、特権階級が支配者になっている階級社会批判、人間の性を隠蔽しようとするヴィクトリア朝の偽善、体制の下で苦しむ弱者に対する同情である。弱者とは、社会的に恵まれぬ女性であり、戦争に駆り出される兵士であり、物言わぬ動物であった。

二　キリスト教に対する懐疑

ゆるぎはじめたキリスト教信仰

ヨーロッパにおいてキリスト教が、長年にわたって人々の精神生活の基盤をつくってきたことは言うまでもない。神の存在を信じ、日曜日にはかならず教会に行くという生活が続いた。しかし、ハーディが生きた時代には、人々の精神生活の支柱をなすキリスト教信仰がゆらぎはじめた。

一八五九年に、ダーウィンの『種の起源』が出版された。ハーディが十九歳のときであった。進化論は、聖書に記載されていることの真実を疑わせ、キリスト教信仰の土台をゆさぶることになった。『旧約聖書』によれば、神は天地創造の第一日目には光と闇を分け、第二日目には天をつくり、第三日目には陸地と植物をつくり、第四日目には昼と夜をつくり、第五日目には鳥と獣をつくり、第六日目には男女の人間をつくった。

しかし、進化論によれば、生物の種は自然選択の原理にしたがい、分岐してきたものである。また、生物界には生存競争があり、適者が生存するのであって、そこには、道徳的判断の入る余地がまったくない。こういう世界観は、当時の多くの人々に大きなショックを与えた。ハーディもまた、若くしてその思想の洗礼を受けた。その結果として、ハーディはキリスト教に懐疑的になっていったのである。

道徳に無関心な「遍在する意志」

キリスト教が支配的であった時代においては、神の摂理や計画があって、それにしたがって人間は生きていくことができた。信仰があつい人は報酬を得、悪をなす人は罪の報いを受けるというように道徳律が信じられていた。イギリスの小説でもキリスト教道徳による勧善懲悪がはっきりとしていた。またそういう小説を書かないと読者は満足しないようになっていた。ところがダーウィンの進化論以来、キリスト教が説くことに疑問が持たれるようになると、キリスト教の世界観自体が疑問視されてきた。善悪を判断して、善に報い悪をこらす神の存在を信じることができなくなった。ハーディもそのような作家のひとりであった。

ハーディは、キリスト教の神の存在について懐疑的だった。「五十年間神を探してきたのだから、もし神が存在すれば見つけたであろう」と述べている。ハーディは、道徳的な神の代わりに、それとは異なる「意志」を想定した。『覇王』のなかで、それは「遍在する意志」という名前を与えられた。「宇宙のいたるところに存在する意志」という意味である。善人に報い、悪人をこらすという道徳的な神ではなくて、「遍在する意志」は、人間の道徳行為や善悪には無関心な神である。運命の神のような存在である。

ハーディは『ダーバヴィル家のテス』の最後において、「神々の長はテスをもてあそぶのをやめた」と述べている。親孝行で善良で責任感があるテスが、その努力に対して報酬を与えられることはあっても、処罰を受けるということは理屈に合わない。しかしテスは、「遍在する意志」によって支配されていたのである。テスを不幸にするような偶然の出来事も、結局は「遍在する意志」によるものである。

「遍在する意志」をハーディ自身実感していたのであろう。たとえば、生まれ故郷の農民たちにも素朴な運命主義があった。農作は天候によって支配される。天候は、人間の力によってはどうすることもできないものである。善人の上にも悪人の上にも同じように太陽は照るのである。天候はどうすることもできない。ただそれを受け入れることしかできないのである。

義人の苦難——ヨブの嘆き

「遍在する意志」によって左右される典型的な人間としてハーディは、『旧約聖書』の「ヨブ記」のヨブをあげている。

ヨブはおこないの正しい人であった。人を騙すことはなかった。勤勉だった。ところが、そのようなヨブを神は試したのである。まず、ヨブの飼っていた家畜をみな殺しにした。これによって彼は、経済的に打撃を受けたのである。そのうえ彼の子供たちを殺してしまった。親としてこれ以上の打撃はないであろう。それでもヨブは耐えた。神を呪うことはなかった。すると神は、今度はヨブ自身に襲いかかった。彼の皮膚に悪性の腫れ物をつくった。彼は苦しみのあまり、自分が生まれてきたことを呪った。

もしヨブが悪人か怠惰な人間であったなら、神によって苦しめられて当然であるとして納得できるだろう。苦しみは罰として与えられるのである。ところが、ヨブの場合はそうではないのだ。ヨブも、自分が神によって苦しめられる理由がわからなかった。

『日陰者ジュード』の最後の場面で、瀕死のジュードは、ヨブと同じように世を呪いながら死んでいく。ジュードも、ヨブと同じように自分がどうして苦しめられなければならないのかが、わからなかった。彼は、心が優しく人を傷つけることがなかった。それなのに、最後は看病してくれる人もいず、苦しみながら死んでいくのだ。なぜなのか。

ハーディはジュードをヨブと重ね合わせることによって何を言いたかったのであろうか。人間の善行なるものの限界について書きたかったのである。ヨブには自信があったのだ。自分は善行をなしている、したがって自分は報われるであろうと。だから、期待に反して報酬を受けず、苦難にさいなまれれば世を呪うのである。しかし、これは浅薄な思想なのである。

たしかに道徳律が支配する世界においては、善行は報われるはずである。しかし宇宙は人間がつくった道徳によって動いているわけではない。神はヨブに向かって言うのだ。空の雲を見よと。それは道徳によって動いているわけではない。「雲の釣り合い」をとっている者がいるのである。人間は、自分たちが宇宙の中心にいて、自分たちのつくった善悪の基準によって世のなかが動いていると考えたがる。しかし実際は違う。地球も善悪の基準を越えて動いているし、実際のところ善悪の基準さえ時代によって、共同体によって異なるのである。宇宙的規模で考えれば、人間は無に等しい。まして自分は善人だと考え、他人より優れているなどと思えば高慢という大きな罪をおかすことになる。善をなすことはよい。しかし、善をなしたことによって自分が幸福な生活を送れるはずだと報酬を期待するのは誤りである。

漸進的世界改良論

ハーディの思想はペシミズム（悲観主義）と考え、それを批判する人も多い。たしかに楽天主義かと言えばそうとは言えない。悲観的な人生観である。しかし、ハーディはいたずらにペシミズムを唱えているわけではない。むしろ人生の現実を凝視することによってこの考えが出てきているわけで、非難されるとしたら、ハーディ自身ではなくて、人間の存在そのものである。楽天主義の観念のもとに暗い現実を見ないということのほうが実は問題なのである。まず、現実を凝視し表現することのほうが大事なのである。

宇宙の「遍在する意志」によって人間が支配されていることは、たしかに悲観的な人生観である。しかし、よく考えてみると人間は個人の意志だけで行動できるわけではない。

部分的には、自分の意志によって行動できるが、その場合は、全体から見ればほんの一部にすぎない。たとえば、ハーディが石工の子として生まれたことも自分の意志によるものではない。もちろん、あきらめて運命のなすままに流されていくということではない。ハーディはそう生きろと勧めているわけでもない。個人の能力の範囲で努力することは大事なことであり尊いことである。『ダーバヴィル家のテス』のテスを見ていると、運命だとあきらめているわけでもない。その状況でできる最善のことをしているのである。

ハーディの思想は、一見ペシミズムのように思えるが、ハーディは自己弁護して、自分の思想は「漸進的世界改良論」だと言っている。すべて楽天的に考えて暗い面から目をそむけるよりは、暗くても真実を見ることによって、一歩一歩前進していくほうがよいというのである。

三　特権階級批判

牧師批判

　ハーディは、はじめは牧師志望であった。しかし、青年時代にキリスト教に対して懐疑的になって牧師を断念したが、一度は牧師になりたいという願望をもっていただけあって、教会に対して、牧師に対して理想をもっていた。また、尊敬に値する牧師も知っていた。詩人で言語学者のウイリアム＝バーンズがそういう牧師であった。また、ホレス＝モウルの父親のヘンリー＝モウルも、コレラ流行時に命がけで救護活動をするような立派な牧師だった。ところが、聖職者としてあるまじき行為をする者もいた。ロンドンに出てみてそういう牧師がいることも知った。牧師は中産階級であり、ハーディの父の属していた階級を見くだすところがあった。妻になったエマは、親戚に聖職者がいることを自慢していた。このことも、ハーディは腹に据えかねたのであろう。ハーディは牧師に、特権階級ではなくて人間的同情や愛情をも

ウイリアム＝バーンズ像
（ドーチェスター）

った人間を期待した。牧師が世俗化して、地位、名誉、物質的なものだけを求めはじめるや、ハーディはこれを非難することになる。

母親を否定する牧師

短編『息子の拒否』は、牧師の息子が、身分の低い母親を拒否するという話である。牧師館でお手伝いとして働いていた女性が牧師と結婚することになる。お手伝いであるから労働者階級であり、中産階級に属する牧師とは釣り合いがとれない。女性もそのことを知っている。サムという自分と同じ階級の男と結婚しようと思っていた。ところがその直前に牧師館で足をくじいてしまう。この偶然の事件によって、独身の牧師は自分が結婚してやらなければという気持ちになる。

結婚して息子ができる。息子は、父のあとをついでパブリックスクールからオックスフォード大学へ進み、やはり牧師になる。ところが、この息子は母に対して批判的である。たとえば、母親は学校へ行っていないので方言しか話すことができない。その標準語と違う訛りを直そうとする。自分の母でありながらも文法的間違いを指摘する。夫の死後、彼女は寂しくなった。ひとりで早朝、通りを眺めている。というのは、その通りをサムが馬車を引いて市場に向かうからである。あるときサムは馬車を止めて、彼女を乗せてくれる。こういう他人にもあるような思いやりが、牧師の息子にはないのだ。

サムと再婚したいという母親の切なる願いを息子は聞き入れない。八百屋の父をもちたくないというのである。そういう父親がいては、自分はオックスフォード大学の仲間と付き合えなくなってしまうというのである。母親は、自分みたいな女と牧師館で一緒に暮らすよりは、自分が出ていったほうがよいのではないかといっても聞き入れてもらえない。そういう人間が牧師なのである。母親は、辛抱強く待つサムと結婚できないままに死んでしまう。

このように、人間を人間でなくしてしまうものは何なのか。それは階級制度である。特権階級にとどまるためならば、どんなに非人間的なことでもする牧師がいることを、この作品のなかで指摘し批判している。

特権的大学批判

『日陰者ジュード』のなかで、ジュードが入学しようとして大学（オックスフォードがモデル）に手紙を出しても断られてしまう。石工という現在の仕事をしているほうがよいという。「現在、労働者だというご身分から判断いたしまして、貴殿は、他のコースをとられるより、現在の職場と職業をお離れなさらぬほうが、成功の機会が多いと愚考いたします」という、書き方は丁重ではあるが、冷たい返事を受け取る。

労働者は大学にくるなという思想が根底にある。大学は一部の支配階級のためにだけあるというのである。馬車の上でラテン語の勉強をするほど向学心に燃えていても、ジュードは階級の壁を越えることはできないのである。

石工の息子として生まれたハーディにとって、この階級の問題はかなり深刻なことであっただろう。とくに妻のエマの父が、自分を見くだしていて結婚を喜ばなかったこととか、エマ自身にも階級が上であるという意識があったこと、またそのような態度をとることに対してつらい思いをしたのだろう。それが、この作品の形で表されている。

自分だけではなくて、ハーディは親類縁者のことも考えている。親戚の靴屋のジョン＝アンテルは好学の青年で、ラテン語を勉強して教授するまでになったが、大学に進むことはできなかった。このような一部の特権階級のための大学を批判している。

地主階級批判

「医者が伝えた話」には、残忍な地主が登場する。田舎に広大な屋敷を所有しているが、自分の屋敷の森に村人たちが入ってくることを許さない。たまたま入ってきた女の子を杖でなぐろうとした。そのために女の子は驚いてテンカンを起こし、それ以後廃人になってしまう。

さらに、敷地を広めるために修道院をこわし、聖人たちの遺骨をばらまく。ところが彼は貴族に列せられる。貧乏な村人たちが近くに住んでいることさえ気に入らない。それで、遠くに新しい村をつくってそこに移住させる。村人たちがもとの教会の鐘の音を慕って礼拝にくると、その鐘をはずして鋳つぶしてしまう。

そのような非人間的な行為をした結果、たたりで妻も息子も早く死んだり変死したりする。このような残酷な地主の批判をこの作品でおこなっている。地主であり、貴族であるということと、人間が立派ということとはまったく関係がない。

「羊飼いの見たもの」にも横暴な地主が登場する。地主は、妻とある男の仲を疑って、夜その男を殺してしまう。その現場を目撃した羊飼いの少年の口を封じるために彼を学校にやり、自分の家の執事にする。二十年間以上、秘密はそのようにして保たれたのであるが、最後にその少年の主人である老羊飼いの臨終の告白によってわかる。地主は、告白を聞いた牧師の口まで封じようとしたが、これはできずに夢遊病者になって死んでいく。

金がある地主には法律を逃れることができるのである。

四　ヴィクトリア朝の偽善に対する反発

偽善的態度を批判　ハーディは、ヴィクトリア朝の偽善に反発する。この時代は極めて道徳的で、上品さを尊ぶ時代であった。人間の肉体的な面に言及することは上品でないとされた。ピアノの脚さえ見せないように覆いをかぶせた。とくに人間の性的な欲望や、性的行為を話したり、書いたりすることはタブーになっていた。人間が本来もっている欲望から目をそらすことは偽善的な態度を生む。ハーディは、そういう時代の流れのなかにあって、現実にあるものはそのまま正直に文学に表現すべきであるという立場をとった。

「イギリス小説における率直さ」（一八九〇）のなかでハーディは、小説は人生における真実を追求するものであることを述べている。「情熱」は実人生におけるのと同じ割合で、小説でも表現すべきであると主張している。そうしなければ、作品は子供っぽいつくり話になってしまうというのである。「情熱」というのは男女の愛情を意味しており、実際に人生にあることを否定する者はいないが、それを作品でも同じ割合で表現すべきであるとしている。ハーディはあえてそれをした数少ない作家であった。

一八五七年に「わいせつ文書取り締まり法」が制定されて、警察はわいせつと思う文書を取り締まることができるようになったが、警察が告発する前に、出版禁止をおそれる編集者や出版社が自主規制するのだった。とくに、小説が掲載される雑誌は家庭で購読されたため、すぐに苦情が寄せられるので雑誌編集者は神経をとがらしていた。また当時は、とくに貸本屋や図書館が利用されており、ここに入れてもらうためには、編集者は良心を殺しても、雑誌の読者と妥協せざるをえなかった。こういう制約はありながらも、ハーディは、当時の偽善的態度を批判して、人生の真実を表現しようとしたのであった。

二十世紀になるとD＝H＝ロレンスのような作家が現れて、人間の性を真正面から捉えて表現し、隠蔽されて汚された性を浄化しようとした。ロレンスはハーディに共感して、偽善的態度の批判を受け継いだのだった。

性的人間

ハーディは、人間の性欲や情欲を執拗に描き続けた。ハーディは、一夫一婦制という結婚制度にあてはまらず、その制度からはみ出してしまう生の姿を描き続けた。生が過剰であることは、何もハーディの時代からはじまったわけではない。人類が誕生した時点からあったものである。ただ、はみ出してしまう姿を単なる悪として否定してしまうのではなくて、生の姿の現れとして取り上げたのである。ハーディは、それを冷静に観察して表現することになる。

好学の青年ジュードをつまずかせたのは性欲である。最初は大学に入り、牧師になることを夢見て独学で勉強していたジュードは、アラベラの誘惑に簡単にのってしまう。この場合、アラベラが悪いということはできない。誘惑にのったということは、ジュードにそういう気持ちがあったということである。アラベラと同棲しはじめたあと、「大学を卒業するよりも、牧師になるよりも、いやローマ法王になるよりも、女を愛するほうがすばらしい」と思うのである。もちろん、こう思うことはきわめて自然なことであり、何も非難することではない。

ハーディは、こういう人間観を他人から得たというよりも、自分みずからが周囲を観察したことから得たのである。実際ハーディ自身、父母が結婚する前に母親の胎内に宿ったのである。結婚前の男女の交渉は、ハーディの故郷ではふつうのことであった。スターミンスター＝ニュートンで下女が男を引き入れていたことなども、ハーディの記憶には生々しく残っていたのであろう。また、若いときに見たマーサ＝ブラウンの処刑の発端になったのは、夫の浮気であった。いつの時代でも変わることのない事実である。

問題は、その事実をどう捉え、表現するかである。性的な欲望に触れず、男女が愛し合い、結婚して子供を生んだと書くこともできる。それまでの小説は大体そういう形で書かれていた。ハーディは、そういう結婚という形からはみ出した性欲を描いている。

不倫と婚外交渉

いくらヴィクトリア朝であろうが、性そのものを否定しているわけではない。結婚制度のなかであれば、それは公に認められるのである。キリスト教会も結婚を神の定めたものとしている。問題なのは、結婚制度をはみ出してしまったときである。はみ出してしまうという表現を使ったが、われわれの生そのものが過剰なものである。泉があって、そこから常に必要な一定の水が湧き出るというようには生は創造されていない。つねに過剰なもので、人間の卑小な観念や道徳の枠のなかには収まりきれないものである。道徳とか法律とかという枠を決めて、そのなかに溢れてくる生を閉じ込めようとしているだけである。道徳とか規定をつくることは必要だが、すべてそのなかに入るべきと考えるのは、あまりに卑小な観念である。

枠をはみ出した行為であっても、最終的に枠に収まれば社会的に認知される。ハーディ自身の場合も、前述したように父母の結婚前に母の胎内に宿った。しかし、結局は結婚して枠のなかに収まることによって問題にはならなかった。

ところが、その枠に収まらない場合がある。ハーディの祖母メアリーの場合がそうであった。結婚していないのに子供が生まれ、結婚という枠に入れることもできなかった。子供は「婚外子」として冷遇される。シェイクスピアの『リア王』のなかで、婚外子のエドモンドが、婚外子をつくるときのほうが親たちは燃えていたとうそぶく場面があるが、結婚していようがいまいが、生まれる子供には関係ない。

ハーディは、結婚の枠の外における男女関係を繰り返し書いている。『森林地の人々』のなかのシャーモンド夫人もそういうひとりである。夫人は現在は未亡人であるが、かつてドイツで出会い、愛し合ったフィッツピアーズと再会して、すでにグレースと結婚していた彼に近づく。彼も妻よりも夫人のほうに心を奪われる。男女の愛情が結婚の枠を越えてしまうのである。最後にはグレースを残して大陸へ逃避行する。しかし、恋のもつれから夫人が殺されて、フィッツピアーズはグレースのもとに戻り、一応は結婚生活が保たれるということになる。しかし、フィッツピアーズにはほかにも女性がおり、子供まで生ませていた。しかし結局捨ててしまう。これも、結婚の枠からはみ出しているのだが、最後にはその女性もほかの男性と結婚して、うまく結婚制度の枠のなかに収まってしまう。このように、最後にはめでたく結婚制度が保たれるのだが、作品では、枠をはみ出した男女の欲望が描かれている。

『塔上のふたり』の二十九歳のコンスタンタイン夫人は結婚していながら、天体観測に熱中している二十歳の青年スウィズィンを熱愛する。夫人の夫はアフリカにライオン狩りに出かけ、長年留守にして音信不通だったから夫人は同情されてもよいのだが、夫ある女性として青年に近づくことで、周囲の人たちからは非難される。そのため一時はためらうのであるが、しかし美青年の誘惑には勝てなかった。世間体を無視して最後に肉体関係にまで入ってしまう。

作品の結末は曖昧である。本当は夫と離婚して青年と結婚すべきなのだが、そうしないでごまかしてしまう。これは当時の時代の考え方に妥協したのである。

未婚の母と婚外子

『ダーバヴィル家のテス』のテスは、今でいう未婚の母である。彼女はアレクと結婚すれば未婚の母にはならなかった。そして、枠に収まった生活ができたであろう。しかし、そういう結婚をテスは拒否して未婚の母の道を選んだ。アレクを嫌っており、妊娠しても結婚する気持ちがなかった。妊娠したということすらアレクには告げなかった。テスは自立した女性というべきである。

ハーディはこのほかにも婚外子、つまり、結婚していない男女に生まれた子供について多く書いている。最初の小説『窮余の策』において、すでにその問題が扱われている。マンストンは、オールドクリフがある男性と結婚しないままに生んだ子であったことがわかってしまう。マンストンは犯罪を犯してしまうのだが、悪い人間だという結論になっており、やはり婚外子にはろくな人はいないとして、読者は安心してこの作品を閉じるという仕かけになっている。結婚制度を支持するヴィクトリア朝当時の道徳に合うように話の筋ができているが、ハーディが、オールドクリフにマンストンという未婚の子をもたせたということは重要なことである。ここには男女関係は結婚制度をはみ出すという認識があるからである。このあともハーディは、繰り返し男女の婚外の関係を書き、婚外の子供を登場させるのである。

ハーディ像（ドーチェスター）

オールドクリフは、かつての恋人だったシシーリアの父の肖像をロケットに入れて生涯もっていたほど情の深い女性である。情熱を評価する立場であるならば、彼女はけっして否定されるべきではなかった。たとえ結婚できなかったとしても情熱を誇りに生きることはできたはずである。しかし、ハーディは道徳に妥協せざるをえなかったのである。

『微温の人』の婚外子のデアもそうである。マンストンと同じように、デアは悪人の代表にされている。婚外子でなくても同じように悪人はいるのだが、結婚を重視する道徳においては、婚外子を悪人にしたほうが都合がよく、当時の一般読者の偏見に合うのである。

『塔上のふたり』の男女の場合、スウィズィンが旅に出たあと夫人が妊娠したことがわかった。結婚することによって枠のなかに入るにはすでに遅すぎた。夫人は未婚の母になればよかったのだが、形をつくるために、自分に求婚していた主教をあざむいて結婚してしまった。形はできたが、それは虚偽の上に立ったものであった。

検閲に対する抵抗

ヴィクトリア時代は、上品さを重んじる風潮があり、男女の性についてあからさまに語らないということが上品なことであった。男女の性の表現はタブーであった。前述したように一八五七年に「わいせつ文書取り締まり法」ができ、この法律によって処罰された。しかし、実際は当局の検閲を受ける前に編集者や出版社が、問題になりうる箇所を削除するか、書き直しをさせていた。

「イギリス小説における率直さ」（一八九〇）のなかで、ハーディは次のように語っている。「文学作品が読者に読まれるのはまず雑誌である。家庭で読まれる雑誌として性的なことが扱われているのは不適当だと思われ編集者から訂正やカットを求められる。編集者も訂正やカットにはかならずしも賛成ではないのだが、雑誌の評判や売れ行きを気にして、心ならずも一般の反応に従うのである」。雑誌が家庭で現在のテレビのような働きをしていたから、編集者も気を使わずにはいられなかった。文学の正当な評価とは一致しないとしても仕方のないことだった。

レズリー＝スティーヴンのような当時一流の批評家であっても、編集者としては自分の判断に従うことができないのである。さらに、単行本として出版される場合、当時は貸本屋や図書館が大きな購入者であったから、そういう場所が不適当な本であると判断すれば売れ行きは悪くなる。出版社はいつもそれを気にしていた。だから実際に裁判になるというよりも、その前の段階でブレーキがかけられていた。これも文学としての本当の評価とは一致しているわけではなかった。作者は自分の良心をいつわり、編集者、出版社、そして自分のためにあいまいにしてしまうのである。その結果自分の創造した人物を殺してしまうのである。

『ダーバヴィル家のテス』や『日陰者ジュード』も、その面で繰り返し不道徳であるという非難を受けることになった。ハーディはその非難にたまりかねて最後には筆を折ることになるのだが、ハーディはそれまで、そのような非難を巧みにかわしながら作品を発表してきた。雑誌発表の段階では、編集者に言われたようにカットしておき、単行本の段階で復活させるのである。また、実際は愛と情熱の勝利を書きたいのだが、その隠れみのとして道徳の勝利を書いた。社会の掟を破ったものは敗れ死んでいくという筋をつくった。そういう終わり方をしない以上、当時の読者には納得してもらえなかったからである。

五　社会的弱者への同情

ハーディは、作家として冷厳な目で人間を見ているが、哀れな人たちを虫けら同然に突き放すわけではない。自分が書く目的は、人間の他人に対する残酷、女性に対する残酷、下等な動物に対する残酷の告発以外の何物でもない、とハーディは明言している。これが作家としてのハーディの基本である。自然主義作家は冷厳な目をくもらすことはないが、根本的に弱者の側に立って描き続けるのである。

ダーウィンの進化論における適者生存の原理は、元来は人間以外の生物についてのものであったが、拡大されて人間にもあてはめられるようになった。人間社会における不適応なもの、厳しい生存競争に敗れたものは 不適応者となり、生存できなくて当然であるということになる。ハーディは、このような生存競争の敗者、社会の不適応者を多く描いた。その描き方は冷静で客観的であるが、ハーディは不適応者、敗者、弱者に対する同情を忘れることはなかった。弱者に対する同情を作品の中心にすえていた。

十九世紀ヴィクトリア朝において弱者とはだれか。階級の差別が明確であった当時においては、労働者階級がまず弱い立場にあった。貴族や地主や聖職者が支配階級として特権を握っていた。一般の男性にも、まだ普通選挙権がない時代であった。一部の特権階級が、政治、宗教、文化を支配していたのである。労働者、職人、農民は貧しく、かつ軽侮されていた。ハーディはそういう下の階級の人たちを知っていたし、親戚もまた同じ階級に属していた。上の階級からは軽蔑の目で見られていても、そして、一生有名になることはなくても、それなりに喜びがあり、悲しみがあり、それなりの一生を送っていることをハーディは知っていた。そうした、日常は日の当たらない階級の人たちを作品に描いた。

なかでも女性は、男性よりもさらにみじめな生涯を送っていた。学校へ行く機会はなかった。女子の高等教育機関は十九世紀後半から創設されるが、そのような教育を受けられない女性たちが多数いた。才能はありながらもそれを発揮する機会がないままに、肉体労働に疲れ果てて一生を終えることになった。男女差別も意識的・無意識的にあった。男性と同じことをしながらも、女性のほうが男性よりも厳しく罰を受けるという二重基準の問題もあった。

さらに、ハーディはもの言わぬ動物にも同情している。動物虐待防止の動きはすでにあったが、ハーディはその運動を支持している。『日陰者ジュード』のなかには、主人公がミミズも踏まないという描写があるが、ほかにも、ハーディの作品のなかには動物に対する同情の例を多く拾うことができる。

弱者としての女性

一八六二年、ハーディはたまたまロンドンでジョン＝スチュアート＝ミルの選挙演説を聞いたが、このとき当選したミルは、議会で女性に参政権を与える運動を進めた。しかしなかなか実現せず、一部の女性に参政権が与えられたのは、ミル没後およそ五十年後の一九一八年であり、すべての女性に男性なみの選挙権が与えられたのは、ハーディが亡くなった一九二八年である。つまり、女性参政権獲得運動は、ハーディの生涯の間ずっと続けられていたわけである。また、一八六〇年代から女子の高等教育機関が創設され、それまで男性しか入学を認めなかった大学が女性にも門戸を開放することになった。

このようにハーディの時代は、女性解放と男女平等の運動が進められ、それ以前にくらべれば女性の地位は上がってきていた。ヘニカー夫人とか、グローヴ夫人のような女性をハーディは知ることになった。

しかしまた、女性解放や女性の地位向上の恩恵に浴することのない女性たちも数多くいたのである。ハーディは、そういう恵まれない女性たちに目を向けた。なぜならば、自分の母親の家庭が生活保護を受けるような貧しい家であったことを、ハーディは生涯忘れることがなかったからである。若いとき、母親は料理人として生活していた。

満たされない女性

『帰郷』のユーステイシャ＝ヴァイは、一見虚栄心が強く、わがままで、自己中心的な女性に見える。たしかにそういう面はないこともないが、彼女をそれだけの人物として片づけるわけにはいかない。ユーステイシャには才能があって情熱的だった。ただ、彼女はエグドンという土地に閉じ込められ、伸びる機会を与えられなかった。イギリスの田舎は彼女にとってはあまりにも小さすぎたのである。周囲の世間の習俗に従わないため、結果的には悪女のような印象を与えることになった。彼女が悪女なのではなくて、周囲の考えが狭すぎたのである。

「典型的な女神になるだけの情熱と衝動――つまり、模範的な女性にはどうしてもなれそうもない情熱と衝動」をもっているのである。「異教神の素材」であると書かれている。彼女は激しい恋愛にあこがれている。自分の情熱のすべてを捧げても悔いないような男性の出現を待っているのだが現れない。仕方なく、宿屋の息子ワイルディーヴと交際する。

パリの宝石商に勤めていたクリム＝ヨーブライトが現れると、パリに行けると考えてクリムに近づいて結婚するのだが、しかし、クリムは彼女を受け入れるためにはあまりにも小さかった。彼には、ユーステイシャは母親にそむくけしからぬ妻というくらいの意識しかなかった。ユーステイシャには自分の欲望を満たすための金銭的な裏づけもなかった。

パリへの逃避行のとき彼女のふところには金がなかった。自分の本当の値打ちを理解してくれるものが周囲にはいなかった。親もいなければ友人もいない。クリムの妻として満足すべきだという批判はできる。しかし、ユーステイシャにはそれとは違った自分の欲望があり、それを満足させることができなかった。

二重基準に苦しむ女性

『ダーバヴィル家のテス』のヒロインのテスは、「清純な女性」という副題にふさわしく、「清純な」心をもった女性であった。一家の長女として、父母や弟妹に対して思いやりが深く、エンジェルに対する愛情も深かった。ヒロインの名に恥じない非の打ちどころのない性格を与えられている。幸福な一生を送るためにふさわしい美質を備えている。しかし、最後になって処刑されてしまう。テスを悲劇に追いやった原因は何なのか。

ひとつの大きな原因は貧乏な家に生まれたからである。彼女は、小学校時代は成績がよかった。もし、これほどの貧乏でなかったならば、この才能を生かすことができたであろう。もちろん、女性に対する差別のひどい時代であったから、男性なみの活躍は期待できなかったとしても、それなりの活躍はできたことであろう。

貧困のほかに、運がないことも不幸の原因になっている。偶然としかいいようがない事件が、彼女にはいつもマイナスに働く。父親に代わって運送のため馬車に乗って出かけるが、郵便馬車と衝突して商売道具の馬を失ってしまう。運がないのである。このような偶然のことがつぎつぎに起こり、運命の神にもてあそばれるように不幸な生涯を送ることになるのだが、さらに、「二重基準」という道徳律がテスにとどめをさす。

「二重基準」というのは、とくに男女間の性行動について、男性よりも女性により厳しい基準を要求するものである。

結婚した晩、エンジェルはかつてロンドンである女性と四十八時間いっしょに過ごしたことを告白してテスに許しを願った。それを聞いて安心して、自分にも同じような経験があるとして、テスはアレクとの関係を話して許しをこうた。しかし、テスの告白を聞いたエンジェルは、絶対に許そうとはしなかった。

男性に許されることが女性には許されないのだ。エンジェルには「二重基準」の道徳律があり、その結果テスは、ますます不幸になっていく。

新しい女性の迷い

ちょうどハーディが生き、作品を書いていた時期が女性解放運動が高まっていた時期と合致していたこともあり、ハーディの作品には新しい女性が登場する。たとえば、スー=ブライドヘッドがそのひとりである。まず彼女が、自立を目指していることに注目する必要がある。教員養成学校に入って教師になろうとしていた。これは、ハーディの妹たちが進んだコースと同じである。

また彼女は、新しい思想を抱いていた。キリスト教を批判するスウィンバーンの詩を愛読し、ギリシャ彫像の肉体美にひかれていた。因習的な型にはまった生活を否定しており、大学生と同棲しながら肉体関係は拒否したり、フィロトソンと正式に結婚しながら肉体関係をもたなかった。このように、男性を苦しめるサディズムをもっていた。

ジュードと同棲し、最後には肉体関係をもつが、正式に結婚することを拒否する。その理由は、結婚という形式を踏むと愛情がなくなるというのである。実際、愛してもいないのに無理やりに結婚する男女の姿を見て、結婚という形式がいやになった。

結婚という形式を否定するスーの思想は、結婚は神が定めたものとするキリスト教の結婚観を否定している。結婚という形式によらない男女関係は、現代において次第に広まり、社会に受け入れられつつあるが、百年前のこの当時においては新しい思想であり、この点においてもスーは新しい女性だったといえる。

しかし、スーは確信にまで達していなかった。自分の二人の子供が殺されると、途端に思想は崩れる。もし、自分の生き方に確信があれば、子供を殺されてもジュードとの同棲を続けたであろう。しかし、スーは子供を失うことがいかなる痛手であるかを計算に入れていなかった。言葉を換えれば、彼女の思想は肉体に根差していない、うわべだけのものでしかなかった。

そして、最初の結婚だけが正当であると考えてフィロトソンのもとに戻り、彼と再婚した。実際は、フィロトソンを愛しているわけではないのだから、まさに、スーが否定していた形式だけの結婚にすぎない。だれが見ても不幸になるはずである。

知識があり、才能のある女性が、どうしてそんな愚かなことをするのであろうか。しかし、スーを愚かな女性とは考えても、その行為を笑うことはできない。その迷いの深さこそが、真実の人間の姿なのだろう。

農民の発見

ハーディの小説の特徴のひとつは、農業労働者の登場とその扱いである。十九世紀を代表する小説家ジョージ＝エリオットも取り上げているが、ハーディはエリオットを越えている。

ハーディは「ドーセット州の農業労働者」というエッセイのなかで、自分の見聞をもとにして農民の姿を描いている。「農業労働者」というのは自分では土地を所有せず、他人の農場で雇われて働いている日雇い労働者たちのことである。

ハーディが主張していることは、そのような農民は、都会からはじめて来た人にはみな同じように見えるのだろうが、実際は違うということである。「農民」は、「ホッジ」（日雇い農夫）という呼称のもとにまとめられてしまうが、それは事実とは違っている。「ホッジ」からは愚鈍な人間を連想するが、これは実際の労働者とは違う。

ハーディがここで主張し、作品のなかで描こうとしたのは、農民たちもすべて個性があるということである。つまり都会人と同じ人間なのである。

都会の人たちから見れば、農村で働く人たちはみんな同じ農夫に見えるかもしれないが、そういうことはないのだとハーディは訴えている。農民はすべて愚かだという見方があるが、それは間違いである。上の階級から見れば学問がないから多分愚かだと思うのだろうが、文字は読めなくても、書物から得る学問はなくても、生活から得た知恵は十分にもっているし、書物による学問をした人たち以上に賢いのだと主張している。

都会の人、また、教育を受けた人たちと同じように、それぞれ個性があり、趣味があり、それなりの喜びがあり、悲しみがあるのだ。教育を受ける機会がなかったので知識に欠けるところがあるかもしれないが、感情もこまやかで都会の人と同じなのである。これまでは働くだけで精一杯で、自分たちを表現するすべを農民たちが知らなかっただけなのである。ハーディは、もの言わぬ農民に代わって表現している。

『狂乱の群れを離れて』のゲイブリル＝オークは、立派な農民である。常に献身的にバスシーバのために尽くしている。バスシーバに求婚していとも簡単に断わられ、バスシーバをトロイに取られてしまう。それにもかかわらず献身的にバスシーバのために働く。小麦を収穫したあと雲行きがあやしくなってくる。雨に打たれると小麦が台なしになってしまう。オークが知らせにいくとバスシーバの夫のトロイは酒盛りの最中で、全然耳を貸さない。オークは、ひとりで収穫した小麦の山に行き、布をかぶせて雨から小麦を守る。やがてバスシーバがやってくるがトロイ軍曹は顔を見せない。このような献身的な行為は感動的である。オークは、理想的な農民像であろう。献身的な人物を農民として描いたところにもハーディの農民に対する思い入れがある。

『森林地の人々』のジャイルズ=ウィンターボーンもまた、辛抱強く、善意に満ちた農民である。グレースと結婚できるはずであったが、フィッツピアーズにグレースを取られてしまう。しかし、癇癪を起こしたり自暴自棄になってしまわないで、農夫としての仕事をきちんとこなしているのである。さらにグレースのことを思い続け、大雨のときに家出をしたグレースを自分が住んでいる小屋に休ませたが、自分は外にいたために病気になって死んでしまう。都会人が失ってしまった自己犠牲の精神を体現している。

また、女性では、マーティ=サウスのような献身的で誠実な農民もいる。彼らはひたすら忍耐することを知っている。その忍耐は報われることもあれば、報われないこともある。しかし、彼らは忍耐に忍耐を重ねる。

『帰郷』の紅殻屋《べんがら》・(羊に目印をつける染料を売る人)のヴェンもまた、ジャイルズと同じタイプである。トマシンに求婚して断われながら、いつまでもトマシンのことを思い、献身的に行動する。

『ダーバヴィル家のテス』では、乳しぼりの女の生活が生き生きと描かれている。この作品を読むことで、乳しぼりの女たちを見直すことになるだろう。遠くから見れば、乳しぼりの女たちはすべて一様に見えるだろうが、みなそれぞれの悲しみと喜びをもっている。そして、自己中心ではなくて仲間を思いやることができる。

農民がすべて完璧であるわけではない。たとえば『狂乱の群れを離れて』のなかで、死んだファニー＝ロビンの棺桶を運ぶ途中で、酒場に寄って酒を飲んでしまうという農民たちがいるが、これは無責任だとして非難されても仕方がないだろう。

また、『帰郷』のなかで、ヨーブライト夫人から預かった大金をだまされて賭けをして、全部すってしまうキャントルに思慮の足りない農民の姿を見ることはできる。しかし、そのような人間は農民だけでなく、都会人にも教育を受けた人のなかにもいるのである。

兵士の悲惨

一八八〇年には『ラッパ隊長』を出版したが、ここにはナポレオン戦争が反映されている。主人公のジョン＝ラヴデイは、スペインに出征してそこで戦死してしまう。ジョン以外でも多くの兵士が戦死している。

ハーディは、ナポレオン戦争に異常な興味をもって早くから関係した土地をまわっている。ドーセットは、ナポレオン戦争のときフランス軍が上陸する予定地だったこともあって、とくに身近に感じたのである。ナポレオン戦争に出征して帰還した兵士たちを廃兵院に訪問して、戦闘の模様を聞いている。ナポレオンのおいのルイ=ナポレオンの葬儀にも出席した。ナポレオンの容貌を研究するためであった。

ナポレオン戦争が終結して約八十年後の一八九九年には、ボーア戦争が勃発した。ドーセット州からも兵士が出征し、そしてあるものは戦死した。「鼓手ホッジ」という詩は、戦死者をいたむ作品である。このほかには、戦争の悲惨を描く詩も書いている。

一九〇四年二月に日露戦争が勃発したが、トルストイはこの戦争を批判した。十一章にわたる論文「胸に手を当てて考えてみよ」は、この年の五月二十一日にヤスナポリヤーナで執筆したものであり、英訳されて六月二十七日に『タイムズ』に約一ページ半にわたって掲載された。そのなかでトルストイは、キリスト教徒は同胞愛を唱えながら、「ツアー」のもとで殺戮を繰り返し、仏教徒も、人間のみならず、動物の殺生さえ禁じているにもかかわらず、「ミカド」のもとで殺生しているると、激しく戦争を遂行する者を攻撃している。

これを読んでハーディは、すぐにトルストイに同意する投書をした。それは翌二十八日の『タイムズ』誌上に掲載された。

『覇王』における戦争批判

一九〇三年から八年にかけて『覇王』を出版した。ナポレオン戦争を題材にした叙事詩である。老兵の口をとおして実戦の模様を知ることができた。そのあとボーア戦争が勃発し、その見聞をとおしてハーディは戦争についてさらに深く理解するようになった。

『覇王』の第一部では、議会における徴兵をめぐる議論が展開される。大きな戦争は職業軍人たちだけでは戦うことはできない。一般国民を無理をしても集めなければならない。そのためには法律をつくる必要がある。

したがって戦争をはじめる場合、政府にとって一番重要なことは、徴兵法をつくって兵士たちを集めることである。ハーディはこの重要な問題をまず描いている。議会では、政府と反対党が激しい議論を戦わせる。

戦争で一番苦労しているのは兵士たちである。ロシアに遠征した六十万人の将兵は白骨に化した。ナポレオンに向かって群衆は叫ぶ。

老婦人
　人殺し。ふたりの息子を返せ。息子を返せ。ロシアの原っぱで屍をさらしている。

群衆

そうだ、親戚を返せ。父を返せ。兄弟を、息子を、おまえの野望の犠牲者を。
（第三部）

『覇王』を書いていたとき、ハーディはこのような悲惨な戦争は二度と起こらないだろうと考えていた。その結末には、「長年の怒りはおさまるだろう」と書いてある。

ところが、一九一四年に第一次世界大戦が起こってしまった。ハーディにはショックであった。さらに、自分の家の養子と考えていたフランク＝ジョージは出征していき、ガリポリ戦線で戦死した。痛恨の極みであっただろう。

貧乏人に対する同情

貧困はハーディの作品によく現れる。ハーディの特徴は、それらの人たちに温かい目を向けたことである。出版されなかったが、最初に書いた作品の題名が『貧乏人と貴婦人』で、「貧乏人」という言葉が最初の作品の題名に入っていることは、いかにハーディが貧乏に対して関心をもっていたかを示している。

ハーディ一家の縁者には極貧に苦しむ人たちが多くいた。バークシャのフォーレー村出身の祖母メアリーは極貧の暮らしをしていた。また、彼自身の母も生活保護を受けた一家に育った。そして母自身は料理人として働いていた。

貧困は他人の問題ではなく、彼自身の問題でもあった。ハーディ家がもっと豊かであったならば、大学に進学できたかもしれないのである。貧乏なるがゆえに夢を果たすことができなかった彼自身の恨みもその根底にある。

たしかに昔にくらべれば人々の生活は一般には豊かになっているが、しかし、人間が貧困から解放されたということではない。戦争が起こった場合に、一家の働き手がいなくなればすぐに貧困が迫ってくる。働き手が病気になればすぐ貧困に直面する。したがって、ハーディが描いた貧困は、十九世紀イギリスだけの問題ではなく、現代の世界にもいくらでもある、時間空間を越えた普遍的な問題である。

代表作『ダーバヴィル家のテス』や『日陰者ジュード』において、貧困がいかに主人公たちを不幸にしてその人生を台なしにしているかがわかる。テスやジュードが、もし豊かな家に生まれたとしたら、もっと自分の才能を伸ばすことができたであろう。彼らの個性や才能をむなしく埋もれさせてしまったのは、彼らのおかれた貧困なのである。

農場労働者の貧困について、ハーディは一九〇二年の時点で回想として詳しく述べている。一八五〇年から一八五五年ごろ、つまり、ハーディがまだ少年のとき、よく知っていたある羊飼いの少年が急死した。検死の結果、胃のなかには生のかぶらしか入っていなかった。餓死したのである。

それに対して、一九〇二年の時点では、労働者の暮らしはよくなった。ピアノのある家もあり、また町のダンス教習所に通っているものもいた。これを読むと五〇年間にいかに農業労働者の生活がよくなったかがわかるが、他方、昔の極貧が理解されなくなってしまうということもある。現在の日本の読者も、テス一家の貧困はつくり話で、実際よりも誇張していると思う人が多いかもしれない。ハーディの作品に描かれた貧困はつくり話ではなくて、実際にあったことだし、今後も起こりうることなのである。

動物愛護

『日陰者ジュード』のなかで、ジュードがミミズを踏みつぶさないように畑のなかを歩く場面は印象的である。ジュードは、アルバイトに小麦畑でスズメを追う仕事をしているのだが、追わないで雇い主から怒られてくびになってしまう。なぜ追わないのかというと、かわいそうだからというのだ。スズメはえさがほしくてやってくるのであり、それを拒むのはかわいそうだというのである。

ほかの作品でも、動物に対する哀れみを見ることができる。『狂乱の群れを離れて』のなかの印象的な一場面は、息も絶え絶えのファニー＝ロビンが、野良犬に引っぱってもらって村の宿屋にたどりつく場面である。ところが、その犬は感謝されるどころか、石を投げて追っぱらわれてしまうのである。動物に対する人間の身勝手な態度がここにも表現されている。

ハーディは、王立学士院の動物虐待禁止法の制定百年記念によせて、一九二四年一月二十二日に「同情」という詩を書いた。そのなかで、この法律が先駆者によって制定されたことを喜び、「弱い生き物たちが独裁者に苦しめられる」ことに抗議している。

「鳥屋の子」という詩では、鳥をもちで捕らえる親に対して男の子が抗議するところを描く。

「とうちゃん、とうちゃんの商売がこわいよ、
間違っているよ。
小鳥がもちで捕まって、
死ぬまで捕らわれの身になるのだから」

捕らえられた小鳥は鳥籠のなかで脚をくじいたり、死んでしまうと男の子が言った。そんなに気が弱くてどうするのかと父親に怒られて、子供が家出をして死んでしまう。夜もかぎをかけないで待っていたが戻ってこない。やがて水死体で見つかった。身投げをしたのだった。こんなに優しくては生きてはいけないということなのだ。

ジュードのようにスズメを追うことができない人、ミミズを踏みつぶすことができない人は、この世では生きていけないのだ。そういう心の優しい人が間違っているのか、あるいは、そういう人

が生きていけない世の中が悪いのだろうか。

『覇王』で、ワーテルローの戦いがはじまる直前の小動物たちの描写もおもしろい。ウサギはひづめの音に驚いて逃げ、ツバメは屋根から逃げる。モグラの穴は車輪でつぶされる。ヒバリは卵を蹴散らされる。カタツムリは音に驚いて穴に逃げ込むが、間に合わずに車輪につぶされてしまう。われわれは、戦争というと犠牲者は人間だと考えてしまうが、犠牲者は人間だけではないとハーディは訴えているのである。

「雑種犬」という詩では、犬に対する人間の身勝手さを批判している。引き潮のときに沖に向かって棒を投げる。犬は主人の命令に忠実でそれを拾いにいくのだ。ところが引き潮の流れが強くて岸に泳いで戻ることができない。そのかわいそうな犬を見殺しにしてしまう。犬は犬でも、もし血統書つきの犬ならばこんなことはしないであろう。はじめは飼い主が助けてくれることを期待して待っていたが、自分が裏切られたことを知るに及んで、波間に沈んでいく犬の顔に「人間憎悪」の表情が浮かんだと描いている。これは偶然のことではない。潮の流れの強さを知らずにしたのならば許せるが、そうではなくて、それを知っていてわざわざやったのである。その理由は、犬の税金を収める日が近づいてきたので犬を殺そうとしたからである。

まさに沈まんとするとき

あの献身する者の顔にどんな表情が浮かんだか。
それほど盲目的に愛していた人の
裏切りに気づく。
飼い主がそのうち助けてくれるだろうという
雑種犬の目に輝いていた信頼は
海中に没するとき呪いと
人間に対する憎悪に変わった。

死の直前の一九二六年十二月、ハーディは貨車に積まれて屠場に運ばれていく牛の群れを見たことを記録している。そしてその文章の下にスケッチを描いた。貨車の上に牛たちの頭が見える。牛たちは、屠場に送られていく前に周囲の緑の野原を最後の見納めに見ているのである。

運ばれていくあいだだけでも苦痛をやわらげるようにしてあげたらいいと、遺言のなかで動物愛護協会に遺産の一部を寄付すると述べている。

むすび

ハーディは、生まれつき心の優しい人間であった。そして下の階級の出身であり、恵まれない環境に育った。こういう人間は、社会的には弱者として苦難の多い生涯を送ることが多い。ただハーディの場合は、幸いにもその才能と勤勉と努力によって大作家となり、社会的に認められ、上の階級の人たちとも交際するようになった。しかし、功なり名遂げたあとまでも、優しさを忘れることはなかった。

ハーディの思想は、自分が社会的な弱者のひとりであるという意識から生まれたものである。それは、生家の近くにいた小動物、牛や馬、鳥に対する愛情や同情となり、さらに、かならずしも恵まれたとはいえない弟や妹たちへの同情となり、さらに広げれば、貧乏な親戚に対する同情となり、婚外子を生む村の不幸な女性たちへの同情となる。婚外子を生むことによって、女性を社会的に葬る結婚制度に対する疑問、女性をもてあそぶ特権階級の男性の身勝手さに対する怒りとなる。

村の女性たちが地主の子供を宿すということは実際に起こっていたのであるが、作家としての良心にしたがって、それを作品で描くと不道徳という非難を浴びた。あたかも、それを隠せば事足りるというような当時の偽善的な風潮に対して、ハーディは怒りを覚えた。

さらに戦争が起これば、駆り立てられて遠い異国で死んでいく兵士たちへの同情となる。それをさらに広げれば、戦争を起こす資本家や、政治家、そして貧乏人をつくるような階級社会に対する批判となり、特権階級に対する怒りとなる。また、特権階級がよりどころにしているキリスト教教会への批判となった。

ハーディの思想の根本には、自分が社会的弱者であるという意識と、弱者に対する愛情と同情があった。

あとがき

大学二年生のときに『ダーバヴィル家のテス』を読んだ。ある英文学案内書についていた「英文学作品百選」に入っていたからである。筋書をノートに書いて、かなり詳しく読んだ。テスは、意志では抑制できないような激しい感情をもった女性だと思った。「遍在する意志」は英文学史で知り、ハーディの思想の一端を知った。が、そこまでで終わった。

ハーディがとくに身近になったのは、イギリス留学中、ハーディ＝カントリーに行ったことがきっかけである。ブリティッシュ＝カウンシルのコーチツアーに参加したが、その準備として、『帰郷』を図書館で読んでみた。大変すぐれた作品だと感銘をうけた。ヒロインのユーステイシャの気持ちがよくわかった。彼女はわがままなのではなくて、閉じ込められていて成長するチャンスが与えられていないのだと思って同情した。

「人と思想」シリーズで、『ハーディ』刊行の話が出たとき、私は、お願いして執筆させてもらうことにした。ハーディについて書いてみたい気持ちが強かったからである。その前、D＝H＝ロレンスの『トマス＝ハーディ研究』を訳して、ロレンスのハーディへの心酔と、独自な解釈を知ったからである。ロレンスをあれほど引きつけた作家について、自分でも考えてみたかった。ロレンスの強力な引力に抵抗するのは困難ではあるが、なるべく偏向しないように心を虚しくして、ハーディの作品の語る言葉を聞きとろうと努力した。聞きとった内容を私はなるべくやさしく、ハーディの人と思想に関心のある人なら、だれにでも分かる言葉で表現しようとした。

本書の完成にあたっては、いちいちお名前はあげないが、多くの方々のお蔭をこうむっている。最初に、この執筆を快諾してくだされ、たびたび電話で叱咤してくださった清水幸雄氏にお礼を申し上げる。また、原稿執筆のためのハーディ－カントリーの旅について貴重な情報を提供し、ハーディ研究の第一人者、ギブソン博士に紹介してくださった深沢俊氏にお礼を申し上げたい。清水書院編集部の方々にお礼を申し上げたい。徳永隆氏には、辛抱強く待っていただき、村山公章氏には、出版にあたって直接お世話になった。

一九九九年一月

倉持三郎

トマス＝ハーディ年譜

西暦	年齢	年譜	参考事項
一八四〇	0	トマス＝ハーディ、ドーセット州スティンズフォード教区、ハイアー＝ボックハンプトンで生まれる。父トマスと、母ジマイマの長男。	
一八四一	1	妹メアリー生まれる。	
一八四六	6		穀物条例廃止。
一八四八	8	教区のナショナル＝スクールに入学する。	
一八五〇	10	ドーチェスター＝ブリティッシュ＝スクールに入学する。	
一八五一	11	いとこのトライフィーナ＝スパークス生まれる。弟ヘンリー生まれる。	ロンドンで第一回万国博覧会が開かれる。
一八五三	12	アイザック＝ラストの経営する学校に入り、ラテン語、フランス語、数学を勉強する。	クリミア戦争（〜五六）。
一八五六	16	学校をやめ、七月に家業を継ぐため、ドーチェスターの教会建築家ジョン＝ヒックスの建築家見	

一八五七	17	習いとなる。ウイリアム＝バーンズの教えを受ける。妹キャサリン（ケイト）生まれる。マーサ＝ブラウンの公開処刑を見る。	
一八五九	19	祖母メアリー＝ハーディ死去。このころ、将来の目標となる人物、ホレス＝モウルと知り合う。	J＝S＝ミル『自由論』出版。C＝ダーウィン『種の起源』出版。S＝スマイルズ『自助論』出版。
一八六〇	20	見習い期間が終わり、ヒックスの助手に採用される。	
一八六一	21		南北戦争（～六五）。
一八六二	22	四月、ロンドンに出る。建築家アーサー＝ブロムフィールドの助手となる。建築協会員に推挙される。	ロンドンで第二回万国博覧会が開かれる。
一八六三	23	四月、英国建築協会による田園邸宅設計の懸賞に一等賞を得る。五月、王立建築協会の懸賞論文「現代建築への彩	

		色レンガとテラコッタの採用について」で銀賞を得る。著作を職業として考えはじめる。	
一八六五	25		ミル、国会議員に当選する。
一八六六	26	「私はどのようにして自分の家を建てたか」が、『チェンバーズ＝ジャーナル』誌に掲載される。牧師になる希望をなくし、盛んに詩を書く。	
一八六七	27	健康を害して帰郷する。	第二次選挙法改正、選挙権拡大する。
一八六八	28	『貧乏人と貴婦人』の原稿が完成して、四つの出版社に送ったが断られる。	
一八六九	29	ヒックスが亡くなり、その後継者クリックメイの助手になる。『窮余の策』を書きはじめる。	
一八七〇	30	三月、クリックメイに依頼されて、教会堂修復工事のため北コーンウォルのセント＝ジュリオット教会牧師館を訪れ、そこで牧師夫人の妹エマ＝ラヴィニア＝ギフォードと知り合う。	初等教育法を制定し、初等教育充実をはかる。一八八〇＝義務教育化。
一八七一	31	最初の長編小説『窮余の策』が出版される。	労働組合法により、労働組合の合法性が認められる。
一八七二	32	長編小説『緑の木陰で』が出版される。建築を職	

		業とすることをやめ、著作に専念する決心をする。レズリー＝スティーヴンに小説執筆を依頼される。	
一八七三	33	長編小説『青い瞳』が出版される。ホレス＝モウルが自殺する。	
一八七四	34	九月、エマ＝ギフォードと結婚、ロンドンに住む。『狂乱の群れを離れて』が出版される。	
一八七五	35	ロンドンからドーセット州に転居する。	
一八七六	36	長編小説『エセルバータの手』が出版される。	
一八七七	37		ヴィクトリア女王、インド皇帝の称号を受ける。
一八七八	38	長編小説『帰郷』が出版される。ロンドンに転居。	
一八八〇	40	長編小説『ラッパ隊長』が出版される。十月、重病にかかるが、エマに口述筆記させて『微温の人』の雑誌連載を続ける。	義務教育化。
一八八一	41	長編小説『微温の人』が出版される。ドーセット州に転居する。	
一八八三	43	ドーチェスターに家を建てるため土地を購入する。	

一八八四	44		第三次選挙法改正——男子の選挙権が大幅に拡大される。
一八八五	45	六月二十九日、新築なったマックス－ゲイト邸に転居する。	
一八八六	46	長編小説『カスターブリッジ町長』が出版される。	
一八八七	47	長編小説『森林地の人々』が出版される。	
一八八八	48	最初の短編集『ウェセックス物語』が出版される。	
一八九〇	50	いとこのトライフィーナが死去する。エマの父が死去する。	
一八九一	51	短編集『貴婦人たちの群れ』が出版される。長編小説『ダーバヴィル家のテス』が出版される。	
一八九二	52	父トマスが死去する（八十歳）。	
一八九三	53	五月、ダブリンでヘニカー夫人と出会う。マーティン夫人が死去する。	独立労働党が結成される。
一八九四	54	短編集『人生の小さな皮肉』が出版される。	
一八九五	55	長編小説『日陰者ジュード』が出版される。グローヴ夫人と出会う。最初の全集の刊行がはじまる（一八九七年完成）。	

一八九七	57	長編小説『恋霊《こいたま》』が出版される。	
一八九八	58	第一詩集『ウェセックス詩集』が出版される。	
一八九九	59		ボーア戦争が勃発する（〜一九〇二）。
一九〇一	61	第二詩集『過去と現在の詩』が出版される。	
一九〇三	63	詩劇『覇王』の第一部出版される。	
一九〇四	64	母ジマイマが死去する（九十一歳）。	
一九〇五	65	フロレンス＝ダグデイルと出会う。	
一九〇六	66	『覇王』の第二部出版される。	
一九〇八	68	『覇王』の第三部が出版され、完成する。	
一九〇九	69	第三詩集『時の笑い草』が出版される。フロレンス＝ダグデイルとの交際が深まる。	
一九一二	72	十一月二十七日、妻エマが死去する（七十二歳）。	
一九一三	73	三月六日、弟ヘンリーをともない、四十年ぶりにコーンウォル再訪。最後の短編集『変わり果てた男』が出版される。	
一九一四	74	二月、フロレンス＝エミリー＝ダグデイルと結婚する。第四詩集『境遇風刺詩』が出版される。	第一次世界大戦が勃発する（〜一九一八）。

一九一五	75	妹メアリー死去する（七十四歳）。フランク＝ジョージが戦死する。	
一九一七	77	第五詩集『折々の幻想』が出版される。妻フロレンスと『ハーディ伝』の原稿執筆をはじめる。	
一九一八	78		第四次選挙法改正――男子平等選挙権実現、女性参政権も一部が実現する。
一九二二	82	第六詩集『新旧抒情詩』が出版される。	
一九二三	83	詩劇『コーンウォルの王妃の有名な悲劇』が出版される。ヘニカー夫人が死去する。	
一九二四	84		最初の労働党内閣が成立する。
一九二五	85	第七詩集『人間模様、幻想作品』が出版される。	
一九二八	88	一月十一日、死去する。第八詩集『冬の言葉』が出版される。	

参考文献

●トマス・ハーディの作品

長編小説

『窮余の策』 増山学訳 学書房 一九八四
『緑樹の陰で』 藤井繁訳 千城 一九八〇
『青い眼』 滝山季乃・橘智子訳 千城 一九八五
『狂おしき群をはなれて』 滝山季乃・橘智子訳 千城 一九八七
『エセルバータの手』 橘智子訳 千城 一九九一
『帰郷』 小林清一・浅野万里子訳 千城 一九九一
『帰郷』 大沢衛訳 新潮社 一九九四
『ラッパ隊長』 藤井繁・川島光子訳 千城 一九七九
『塔上の二人』 藤井繁訳 千城 一九八七
『キャスターブリッジの市長』 藤井繁訳 千城 一九八五
『森に住む人たち』 滝山季乃訳 千城 一九八一
『ダーバビル家のテス』 小林清一訳 千城 一九八九
『テス』 井上宗次・石田英二訳 岩波書店 一九九一

『日陰者ジュード』 大沢衛訳 岩波書店 一九七七
『日陰者ジュード』 小林清一訳 千城 一九八八
『日陰者ジュード』 川本静子訳 国書刊行会 一九八八
『恋魂《こいたま》』 滝山季乃・橘智子訳 千城 一九八八

短編小説

『ウェセックス物語』 小林清一・滝勝也・立谷憲二・内田能嗣訳 千城 一九八七
『貴婦人の群れ』 内田能嗣・上山泰訳 千城 一九八三
『人生の小さい皮肉』 小林清一訳 創元社 一九八六
『人生の皮肉』 藤井繁訳 千城 一九九一
『変わりはてた男』 藤井繁訳 千城 一九九三
『チャンドル婆さん』 小林清一・立谷憲二・内田能嗣訳 千城 一九八五
『ウェスト・ポーリー探険記』 石川康弘訳 千城 一九八五
『ハーディ傑作短編集』 小林清一訳 千城 一九九一
『地主の娘』 塚越太郎訳 千城 一九八四

詩集

『ハーディ詩集』 秋山徹夫訳 八潮出版 一九八一
『トマス・ハーディ詩集』 古川隆夫訳 桐原書店 一九八一

『トマス・ハーディ詩集(続)』　古川隆夫訳　桐原書店　一九八五
『ハーディ詩選・愛と人生』　前川俊一訳　英宝社　一九八六
『トマス・ハーディ第四詩集　境遇の風刺』　滝山季乃・橘智子訳　千城　一九八九
『トマス・ハーディ第七詩集　人間の競演』　滝山季乃・橘智子訳　千城　一九九二
『トマス・ハーディ全詩集Ⅰ、Ⅱ』　森松健介訳　中央大学出版部　一九九五

随想

『トマス・ハーディ随想集』　上山泰・仙葉豊・正木健治・松阪仁司・林和仁・川口能久訳　千城　一九八九

●ハーディの研究書

『ハーディ』　本多顕彰編　研究社　一九六九
『ハーディの叙事詩劇　ディナスツ研究』　藤井繁著　千城　一九七四
『二十世紀文学の先駆者 トマス・ハーディ』　大沢衛・吉川道夫・藤井繁著　篠崎書林　一九七五
『ハーディの小説研究』　滝山季乃著　篠崎書林　一九七七
『ハーディ小説の美学』　飯島隆著　千城　一九七七
『T・ハーディ』　深沢俊著　英潮社　一九七八
『小説家・詩人　ハーディ評伝』　D・ホーキンズ著　前川哲郎・福岡忠雄・古我正和訳　千城　一九八一
『ハーディ』　佐野晃著　冬樹社　一九八一
『ハーディ研究』　大沢衛著　英宝社　一九八二

『残照　トマス・ハーディの挽歌』　藤井繁著　千城　一九八二
『トマス・ハーディの小説の世界』　鮎沢乗光著　開文社　一九八四
『トマス・ハーディ研究・王冠』　D・H・ロレンス著　倉持三郎訳　南雲堂　一九八七
『トマス・ハーディの小説』　藤井繁著　千城　一九八八
『トマス・ハーディ文学論考』　山本文之助著　千城　一九八八
『ハーディ文学試論』　金子正信著　千城　一九九〇
『晩鐘　トマス・ハーディの詩』　藤井繁著　千城　一九九〇
『ハーディの小説』　中村志郎著　英潮社　一九九〇
『トマス・ハーディの詩』　吉川道夫著　篠崎書林　一九九一
『ハーディ小事典』　深沢俊編　研究社　一九九三
『不可知論の世界』　高橋和子著　創元社　一九九三
『トマス・ハーディ　翼を奪われた鳥』　小田稔著　篠崎書林　一九九五
『テスについての13章』　那須雅吾編　英宝社　一九九五
『虚構の田園——ハーディの小説』　福岡忠雄著　京都アポロン社　一九九五
『トマス・ハーディのふるさと』　内田能嗣・大榎茂行著　京都修学社　一九九五
『トマス・ハーディと作家たち——比較文学的研究』　上山泰著　創元社　一九九六
『なぜ「日陰者ジュード」を読むか』　安藤勝夫・東郷秀光・船山良一編　英宝社　一九九七
『人間の証《あかし》を求めて』　那須雅吾著　英宝社　一九九八

さくいん

【事項・地名】

【作品】

トマス＝ハーディ■人と思想152　定価はカバーに表示

1999年4月26日　第1刷発行©
2016年4月25日　新装版第1刷発行©

・著　者 ……………………………… 倉持《くらもち》　三郎《さぶろう》
・発行者 ……………………………… 渡部　哲治
・印刷所 ……………………………… 広研印刷株式会社
・発行所 ……………………………… 株式会社　清水書院

〒102-0072　東京都千代田区飯田橋3-11-6
Tel・03(5213)7151～7
振替口座・00130-3-5283
http://www.shimizushoin.co.jp

検印省略
落丁本・乱丁本は
おとりかえします。

CenturyBooks

Printed in Japan
ISBN978-4-389-42152-6

CenturyBooks

清水書院の〝センチュリーブックス〟発刊のことば

近年の科学技術の発達は、まことに目覚ましいものがあります。月世界への旅行も、近い将来のこととして、夢ではなくなりました。しかし、一方、人間性は疎外され、文化も、商品化されようとしていることも、否定できません。

いま、人間性の回復をはかり、先人の遺した偉大な文化を継承して、高貴な精神の城を守り、明日への創造に資することは、今世紀に生きる私たちの、重大な責務であると信じます。

私たちがここに、「センチュリーブックス」を刊行いたしますのは、人間形成期にある学生・生徒の諸君、職場にある若い世代に精神の糧を提供し、この責任の一端を果たしたいためであります。

ここに読者諸氏の豊かな人間性を讃えつつご愛読を願います。

一九六七年

SHIMIZU SHOIN